광해록

광해록 7

초판 1쇄 인쇄일 2015년 4월 16일 ㅣ **초판 1쇄 발행일** 2015년 4월 20일

지은이 조 휘 ㅣ **펴낸이** 곽중열 ㅣ **담당편집 팀장** 이범수
편집부 신연제 이윤아 김호성 김은경

펴낸곳 (주)조은세상 ㅣ 출판등록 제 2002-23호
주소 경기도 연천군 미산면 청정로 1355
TEL 편집부 02)587-2966 ㅣ FAX 02)587-2922
e-mail bukdu@comics21c.co.kr

ⓒ조 휘 2014
ISBN 979-11-5832-029-4 ㅣ ISBN 979-11-5512-853-4(set) ㅣ 값 8,000원

NEO ALTERNATIVE HISTORY FICTION

조휘 대체 역사 장편소설

7

光海錄

북두
(주)조은세상

CONTENTS

NEO ALTERNATIVE HISTORY FICTION

1장. 이순신과 원균 7

2장. 생(生)과 사(死) 37

3장. 옥좌(玉座)의 주인 73

4장. 왕권(王權)의 강화 107

5장. 특수작전(特殊作戰) 143

6장. 내일을 위한 준비 177

7장. 초야(初夜) 213

8장. 수확의 계절 241

9장. 아버지 275

10장. 정유재란(丁酉再亂) 303

광해록

1장. 이순신과 원균

1장. 이순신과 원균

흔히 수군하면 전라좌우수영과 경상좌우수영을 떠올린다.

임진왜란 때의 전라좌수사 이순신은 이미 두 말할 필요가 없을 정도로 유명하다. 또, 전라우수사 이억기, 경상우수사 원균, 경상좌수사 박홍의 이름 또한 많은 사람들의 입에 오르내리고는 하였다.

반면에 충청수영의 충청수사 이름을 들어본 사람은 많지 않았다.

임진왜란과 정유재란에서 충청수사를 역임한 정걸(丁傑)이나, 최호(崔湖)는 이순신과 원균 밑에서 싸운 부하로 여기는 경우가 많았다.

그러나 바다는 경상도와 전라도에만 있는 게 아니었다.

오히려 남해안만큼이나 왜구의 침입을 자주 받았던 지역이 충청도의 해안이어서 충청수영 전성기에는 150척의 전선을 보유했다.

그런 충청도의 수영이 지금은 조선의 온 관심을 독차지했다.

김명원이 지휘하는 조정의 육군부대가 이천에서 대패하여 이제는 의지가 가능한 부대가 원균이 지휘하는 조정의 수군 밖에 없었다.

원균이 성공한다면 분조군은 당장 회군해야했다.

원균의 군대가 보령에 상륙해 측면을 강하게 찌를 경우, 아무리 근위사단이 강력해도 뒤가 불안해져 도성으로 진격하기 힘들었다.

원균은 유달리 화려하게 지은 자신의 대장선 위에서 주위를 살폈다.

장대에 올라오니 마치 온 바다가 발밑에 엎드려 있는 듯했다.

원균은 꽉 쥔 주먹을 장대 난간에 내리쳤다.

"이번에야말로 네 놈의 잘난 얼굴을 반드시 바다에 처넣을 것이다!"

원균의 앞에는 아무도 없었다.

그러나 원균의 눈에는 마치 다른 사람이 보이는듯했다.

그 주인공은 바로 이순신이었다.

왜군 1번대가 절영도에 상륙했을 때 손써볼 틈도 없이 패한 경상좌수사 박홍은 살길을 찾아 이곳저곳으로 도망을 다니던 중이었다.

경상좌수영이 그런 상태이니 만큼, 이제는 원균이 적을 막아야했다.

그러나 사후선이 속속 전해오는 보고는 의지를 꺾어버렸다.

거의 천여 척에 이르는 전선과 수송선이 부산 앞바다에 닻을 내렸다.

원균은 갈등했다.

경상우수영의 전력이 삼도 수군 중 으뜸이라 하나 적의 함대는 그의 예상을 몇 배 뛰어넘는 규모였다. 이대로 출전해 장렬하게 최후를 마칠 것인지, 아니면 훗날을 도모할 것인지를 놓고 고민하던 원균은 결국 경상우수영을 버려둔 채 도망치기로 결심했다.

한데 문제가 하나 있었다.

부랴부랴 모아놓은 경상우수영의 전선 100여 척을 처리할 방법이 마땅치 않았다. 적에게 함락당할 위기에 처했을 때, 가장 먼저 고려야해야 할 것은 적이 챙기지 못하도록 소각하는 것이었다. 이는 군량, 무기, 심지어 성채나, 전선마저 해당하는 이야기였다.

결국 전선을 수장하라 명한 원균은 몇 척만 건져 도주했다.

그리고 그 길로 전라좌수영의 좌수사 이순신에게 도움을 요청했다.

이순신은 원균의 요청을 받아들여 경상도 해안으로 진격했다.

원래는 이억기의 전라우수영 함대와 같이 움직일 예정이었으나 기다려도 전라우수영이 도착하지 않아 단독으로 함대를 움직였다.

이때부터 이순신과 원균은 마치 물과 기름처럼 서로 섞이지 못했다.

성격과 사용하는 전술, 심지어는 붕당까지 서로 다른 통에 사이가 갈수록 벌어지던 중 급기야 돌이킬 수 없는 지경에까지 이르렀다.

이순신은 사실 원균과의 관계에 신경 쓸 생각이 별로 없었다.

국난 극복이 먼저여서 다른 장수와 쓸데없는 힘겨루기를 할 여유가 없었다. 반면, 원균은 갈수록 자존심에 상처를 입는 상황이었다.

그는 함대를 자침시켜 고작 몇 척의 전선만 있을 뿐인데 이순신은 온전한 전력을 보존한 채 왜국 수군을 연파하며 명성을 얻었다.

원균은 질투심에 눈이 멀었다.

그게 그냥 질투라면 상관없었다.

한데 원균의 질투는 선조의 의심병만큼이나 심각했다.

이순신이 세운 공은 모두 뒤를 봐준 유성룡의 덕분이며 이순신이 왜국 수군을 연파할 수 있었던 이유는 이순신의 뛰어난 전술덕분이 아니라, 뛰어난 능력을 가진 판옥선 덕분이며 자신에게 이순신만큼의 전선이 있으면 이순신처럼 연전연승할 자신도 있었다.

그때, 조정에 있는 윤두수의 심부름꾼이 도착했다.

윤두수는 왜군을 막기 위해 삼남에 내려간 이혼을 견제하기 위해 고을 수령이나, 군대의 장수에게 사람을 보내 이혼의 지시를 따르지 말라 권했다. 이혼의 지시를 따르는 것은 곧 선조에 대한 불충이니 역도로 몰리기 싫거든, 이혼을 가까이하지 말라 하였다.

수령과 장수들 대부분은 윤두수의 말에 콧방귀를 뀌었다.

지금 나라가 왜적에게 넘어갈 판국인데 중간에서 이간질이나 해대는 윤두수의 태도에 불만을 내비치는 자들마저 있을 지경이었다.

물론, 윤두수의 꾐에 넘어가는 자들 역시 있었다.

그 중 대표적인 사람이 바로 원균이었다.

이혼이 가배량에서 이순신을 삼도수군통제사로, 이억기를 전라수사로 임명했을 때 자리를 박차고 일어난 원균이

탈영을 감행한 이유는 무모한 자신감이 아니라, 윤두수의 언질을 받은 탓이었다.

　이혼과 이순신이 부산포에서 왜군과 씨름하는 동안.

　충청수영이 있는 보령에 도착한 원균은 선조의 어명을 앞세워 남아있는 전선과 건조 중이던 전선을 징발해 제물포로 올라왔다.

　제물포에 도착해서는 바로 조정군의 수군 훈련에 돌입했다.

　부족한 격군은 해안가 백성을 징발해 채웠다.

　그로부터 1년이 지난 지금, 조정군의 수군은 전선이 50척을 넘었다.

　전라수영의 전력보다는 떨어지지만 함대에 가까운 규모였다.

　자신감을 얻은 원균은 기회가 오기를 기다렸다.

　오히려 윤두수에게 보령을 기습공격 하는 게 어떻겠냐는 제안을 했는데 육군과 같이 움직여야한다는 이유로 단칼에 거절당했다.

　원균은 그 일이 두고두고 아쉬웠다.

　이혼이 부산포에 있을 때, 충청수영을 점거해둬야 밑으로 내려갈 수 있는 발판을 구축하기 쉬웠다. 전선을 만드는 선소(船所)가 있는 충청수영에서 힘을 비축한 다음, 전라우수영이 있는 해남을 공격한다면 분조군의 뒤통수를 칠 수 있는 절호의 기회였다.

그러나 어쩌랴.

기회는 강물로 흘러가버려 다시는 돌아오지 않을 터다.

원균은 세차게 고개를 저었다.

아직 늦지 않았다.

기습에는 실패했지만 전투에서 실패한 것은 아직 아니었다.

원균은 자신의 능력을 최대한 발휘해 빠른 속도로 함대를 몰아갔다.

기동전은 원균의 장기였다.

"격군에게 휴식을 주지마라! 오늘 안에는 충청수영을 접수해야한다!"

한데 함대의 속도는 오히려 갈수록 느려졌다.

판옥선이 사용하는 노는 서너 명이 달라붙어 저어야할 만큼 무거웠다. 그런고로 보통은 2교대, 3교대로 돌아가며 노를 젓는데 원균은 전투병을 더 싣기 위해 격군의 수를 규정보다 줄여버렸다.

이는 치명적인 실수였다.

빨리 지치는 격군을 더 빨리 지치게 만들어버렸다.

원균은 부장을 불러 다그쳤다.

"내 전선보다 뒤에 있는 전선은 나중에 경을 칠거라 전해라!"

"옛!"

원균의 엄명이 떨어지기 무섭게 뒤에 있던 전선들이 속도를 높였다.

원균은 어린진(魚鱗陣)을 선호했다.

어린진은 말 그대로 물고기비늘처럼 전선을 배치하는 진법이었다.

어린진의 특징은 앞에서 무너져도 바로 후속부대 투입이 가능했다.

마치 비늘이 촘촘하게 박혀 있는 잉어처럼 앞의 비늘이 떨어지더라도 뒤에 있는 비늘이 대신해서 적을 공격하거나, 방어에 나섰다.

이는 공격에 있어서는 한 점에 집중하는 효과가 있어 종심돌파가 가능했다. 목표한 지점을 쉼 없이 공격해 결국 뚫어내는 것이다.

또, 방어에 있어서는 탄탄한 방어진 구축이 가능해 쉽게 무너지지 않는다는 강점이 있었다. 이런 이유로 어린진은 천년 가까이 애용을 받았으며 현대 전쟁 역시 어린진과 비슷한 전략을 사용했다.

반대로 어린진의 단점은 노는 전력이 생긴다는 점이었다.

예비부대에, 예비부대를 더 두는 식이어서 모든 전력을 가동하지 못했다. 만약, 적의 선두가 강력한 전력을 보유했다면 전력을 차례대로 투입해 소모하는 축차투입 결과를 불러올 가능성이 높았다.

이순신이 사용한 학익진은 어린진과 정반대였다.

학익진은 가진 전력을 모두 사용해 사방에서 몰아치는 전술이었다.

반대로 단점은 방어선이 얇아 한 번 돌파당하면 순식간에 전선이 와해당할 위험이 있어 주로 적보다 수가 훨씬 많을 때 사용했다.

한데 이순신은 이 학익진을 적보다 수가 적은 상태에서 사용했다. 심지어 몇 배의 적을 상대로도 학익진으로 이긴 경험이 있었다.

이순신이 즐겨 사용하는 함포전에서는 학익진이 가장 맞았던 것이다.

이처럼 원균과 이순신은 사용하는 전술마저 상극이었다.

원균은 어린진을 펼친 함대를 보령 앞바다로 이동시켰다.

파도가 거칠지 않아 항해는 순조로운 편이었다.

장대에 올라간 원균은 해 가리개를 만들어 앞을 관찰했다.

50척의 전선과 그 수에 버금가는 사후선, 포작선이 눈앞에 펼쳐졌다.

원균의 가슴 속에서 뿌듯한 감정이 물밀 듯 솟아나왔다.

이런 함대라면 절대 패할 리 없었다.

잠시 후, 목적지인 보령 바닷가가 어슴푸레 보이기 시작했다.

"사후선이 적의 위치를 파악했느냐?"

원균의 질문에 부장이 달려와 군례를 취했다.

"보령의 수영을 출발한 적선 30여 척이 이곳으로 오는 중입니다!"

"좋아! 우리가 전장을 선점했으니 더 유리하다! 전 함대 전개하라!"

"예!"

원균의 명령에 의해 각 전선은 공격준비에 들어갔다.

1차 공격부대는 앞으로 나아가 옆 전선과 간격을 유지했다.

또, 포수는 함포에 철환과 조란환을, 병사들은 시위에 화살을 재었다.

원균은 일어나 지휘봉을 휘둘렀다.

"전고를 울려라!"

그 즉시, 둥둥하는 전고소리가 사방에서 들려왔다.

전고는 아군의 사기를 독려하는 효과 외에도 명을 전하는 역할을 같이 수행했다. 전고 소리를 들은 함대 선봉이 마침내 출격했다.

원균은 선봉이 출격하는 모습을 보다가 고개를 돌려 적선을 찾았다.

보령 앞바다에 집결한 충청수영 전선들은 우왕좌왕하는

중이었다.

앞으로 나와서 막아야하는지, 아니면 후퇴하여 다시 전열을 가다듬어야하는지 알지 못해 애매한 지점에서 중구난방으로 움직였다.

주먹을 쥔 손에 자꾸 힘이 들어갔다.

속에서 이겼다는 말이 튀어나오기 직전이었다.

적이 저런 상황이라면 꿈지럭거릴 필요가 없었다.

"2진과 3진도 같이 출발해라! 단숨에 몰아붙여야한다!"

"옛!"

원균의 명이 떨어짐과 동시에 예비대로 대기하던 2진과 3진도 앞서 출발한 선봉을 따라 우왕좌왕하는 적 함대를 향해 나아갔다.

쉬익!

벌써 선봉은 활 사거리에 들어갔는지 화살을 쏘며 공격을 시작했다.

그때였다.

우왕좌왕하던 적 함대가 돌연 선수를 돌리더니 도망치기 시작했다.

원균은 지휘봉을 뽑아 적 함대를 가리켰다.

"추격하라! 놈들을 해안가에 몰아붙여 섬멸하라!"

원균의 거듭된 지시에 함대는 속도를 붙여 적 함대 추격에 나섰다.

적 함대를 추격하는 동안, 원균의 대 함대는 가로로 길게 늘어졌다.

후미에 위치한 원균 대장선과 선봉의 거리가 만만치 않은데다 원균을 호위하던 전선 일부마저 이탈하여 적 함대 추격에 나섰다.

원균은 옆을 돌아보았다.

방어가 비어 거의 무주공산에 가까웠다.

불안함을 느낀 원균은 공격부대와 거리를 더 좁히라는 명을 내렸다.

함대와 너무 벌어져 있으면 지휘에 문제가 생겼다.

원균의 화려한 대장선이 막 노를 젓기 시작할 무렵.

후방을 감시하던 사후선 한 척이 급히 돌아와 알렸다.

"장군, 후방에 적선이 나타났습니다!"

뱃전으로 고개를 내민 부장이 소리쳐 물었다.

"어디냐?"

"뒤에 있는 섬에서 지금 돌아 나오는 중입니다! 곧 도착할 것입니다!"

"숫자는 확인했느냐?"

"전선 10척입니다!"

두 사람의 대화를 들은 원균은 장대 밑으로 내려와 직접 하문했다.

"적이 확실하더냐?"

"예, 분명히 보았습니다! 적선에 삼도수군통제사의 기가 있었습니다!"

"뭣이?"

화들짝 놀란 원균은 부장에게 소리쳤다.

"어서 전선의 선수를 돌려라!"

부장도 같이 당황하여 급히 대장선 장대에 깃발을 걸었다.

전선을 지휘하는 각 장수들을 호출하는 깃발이었다.

그러나 적선을 추격하던 함대가 돌아서는 데에는 시간이 필요했다.

그때였다.

막 선회하던 대장선의 견시병 하나가 떨리는 목소리로 소리쳤다.

"왔, 왔습니다!"

그 말에 뱃전에 있던 수병들의 시선이 서쪽으로 돌아갔다.

안개에 가려 아스라이 보이는 섬 뒤에서 판옥선 10척으로 이루어진 작은 함대가 드디어 모습을 드러냈다. 선두에 있는 대장선에는 사후선의 보고대로 삼도수군통제사의 기가 펄럭이는 중이었다.

원균은 불구대천의 원수를 본 사람처럼 악에 받쳐 소리쳤다.

"모두 선수를 돌려라! 적의 대장선을 먼저 쳐야한다!"

원균의 함대는 어떻게 해서든 선수를 돌리려 하였다.

보령 앞바다가 시장바닥처럼 어지럽게 변했을 무렵.

이순신은 장안도(藏眼島)를 선택하길 잘했다는 생각을 하였다.

장안도의 이름을 풀면 눈을 가리는 섬이라는 의미였다.

그 말대로 이때쯤에는 항상 섬 주위에 물안개가 끼어 잘 보이지 않았다. 심지어는 이런 경우마저 있었다. 섬에 있는 바위에 부딪친 후에야 자기가 장안도에 있음을 아는 어부들이 제법 많았다.

오늘 역시 장안도는 자기 이름값을 여실히 해냈다.

장안도는 안개의 장막을 펼쳐 이순신의 함대를 감춰주었다.

유령처럼 모습을 감춘 이순신의 함대는 원균의 함대를 기다렸다.

사후선의 활발한 정찰을 통해 원균 함대가 이 장안도 방향으로 온다는 사실을 알았던지라, 근처 바다를 헤매며 찾을 필요가 없었다.

이처럼 정찰은 승패를 가르는 첫 번째 조건이었다.

이순신은 정찰에 심혈을 기울인 반면, 원균은 공격에 더 집중했다.

원균이 사후선과 포작선을 풀어 주변 해역을 수색했다

면 아무리 장안도의 안개 속에 숨어있다 한들, 발각당하지 않을 리 없었다.

더구나 이 정도 거리는 바다에서는 엎어지면 코 닿을 거리가 아닌가.

이순신은 기습의 묘를 살리기 위해 최적의 기회를 찾았다.

다행히 오래 기다릴 필요는 없었다.

원균은 보령 앞바다에 있는 충청수사 권준의 유인작전에 말려 함대를 모두 내보냈다. 그 바람에 함대는 꼬리가 길게 늘어졌다.

"지금이다!"

이순신은 지체 없이 출격을 명했다.

닻을 내리지 않은 채 대기하던 전선들이 서서히 속도를 높여갔다.

"영차, 영차!"

격군이 지르는 우렁찬 기합성이 뱃전을 넘어 들려왔다.

장안도의 물안개를 막 벗어나는 순간.

원균의 함대가 급히 돌아서는 모습이 눈에 가득 들어왔다.

그러나 대부분이 보령 앞바다를 향해 있어 원균의 대장선과 대장선을 호위하는 두 척의 전선만 외로운 섬처럼 앞에 홀로 떠있었다.

이순신은 화포장(火砲長)을 불렀다.

"원균의 대장선이 화포 사거리에 들어왔느냐?"

"아직 모자랍니다!"

화포장의 말을 들은 이순신은 함대에 전진을 명했다.

말은 하지 않았지만 이순신의 속은 까맣게 타들어가는 중이었다.

이혼은 원균의 함대를 몰살시키지 말라는 지시를 내렸다.

잘못은 수뇌부에 있지, 일반 병사에게는 없다는 주장이었다.

이는 말은 쉬우나 실행하기에는 어려운 점이 많은 요구였다.

전투는 전력을 다해 임하더라도 승패를 장담키 어려웠다.

한데 이혼의 요구는 손발을 묶어둔 채 이기라는 소리와 다름없었다.

이순신은 고민이 많았다.

충청수사 권준 등은 황당한 명이라며 따르기를 거부했다.

그러나 이순신은 고개를 저었다.

"나는 세자저하의 마음을 알 듯 하오. 동포를 향해 칼을 겨누는 이런 전쟁은 처음부터 일어나선 안 되었소. 그러나 어쩔 수 없이 칼을 겨누어야한다면 희생을 최소화해야하오. 그래야 뒤에 따라올 통합과정에서 반발이나, 저항을 조금이라도 줄일 수가 있소."

이혼의 요구를 수용한 이순신은 원균의 전략을 철저히 분석했다.

그 결과, 원균이 함대 뒤에서 지휘하길 즐긴다는 사실을 알아냈다.

그렇다면 기회는 있었다.

이순신은 먼저 충청수사 권준에게 30척의 전선으로 원균의 함대를 수영이 있는 바닷가 항구 쪽으로 끌어들이라는 지시를 내렸다.

유인계였다.

유인계는 겉으론 쉬워보여도 가장 실패하기 쉬운 작전 중 하나였다.

적을 속여 안으로 유인하기 위해선 가짜가 아니라, 정말로 당해내지 못해 퇴각하는 척 연기해야 했는데 이게 말처럼 쉽지가 않았다.

노련한 장수의 눈에는 유인계인지, 진짜 퇴각인지 훤히 드러났다.

그러나 이순신은 권준의 능력을 믿었다.

권준은 이순신의 옆에서 당시 견내량에 집결해 있던 왜국 수군을 한산도 앞바다로 유인해 섬멸한 한산도대첩을 지켜본 사람이었다.

권준은 그 경험을 살려 정말로 퇴각하는 척 연기해 원

균을 속였다.

권준이 원균의 함대를 유인하는 사이.

이순신은 매복해있던 장안도에서 나와 빠르게 돌진하기 시작했다.

그야말로 질풍과 같은 기습이다.

이순신의 시선이 화포장의 눈을 향했다.

화포장은 뱃전에 뚫은 포안(砲眼)으로 사거리를 한창 계산중이었다.

바다에서 사거리 계산은 감과 경험에 의지하는 바가 컸다.

육지에서는 지형지물이나, 아니면 미리 표시를 해두어 사거리 계산이 가능하지만 바다에선 그럴 수가 없어 오로지 감에 의존하였다.

부관이 옆에서 소리쳤다.

"적 함대 일부가 선회를 마쳤습니다!"

이순신의 시선이 다시 정면으로 돌아갔다.

부관의 말처럼 선회를 마친 적 함대 전선 몇 척이 접근을 시도했다.

원균의 대장선은 그 사이 뒤로 빠졌는지 점점 흐릿하게 변해갔다.

장대의 난간을 잡은 이순신의 손에 힘이 절로 들어갔다.

원균의 대장선이 완전히 도망치기 전에 어떻게 해서든

잡아야했다.

그렇지 못할 경우, 적 함대를 전체를 수장시켜야할 가능성이 높았다.

이순신의 시선이 다시 화포장으로 향했다.

땀을 비 오듯 흘리던 화포장이 뒤로 물러서며 미친 사람처럼 외쳤다.

"적선이 사거리에 들어왔습니다!"

이순신은 기다릴 여유가 없었다.

"닻을 내려라! 여기서 바로 선회한다!"

"예!

부관이 조타수에게 이순신의 명을 전하는 순간.

드르르륵!

묶여 있던 닻줄이 검은 바다 속으로 빨려 들어가기 시작했다.

그 모습을 보던 부관이 주위에 경고했다.

"급속 정지한다! 1, 2층 모두 충격에 대비하라!"

그 말이 끝나기 무섭게 바닥에서 무언가가 부딪치는 소리가 들렸다.

이어 배가 부서질 듯 끼익하는 소리를 내기 시작했다.

판옥선을 구성하는 나무판자들이 충격을 받아 뒤틀리는 소리였다.

승조원들은 옆에 있는 물건을 잡아 충격을 완화했다.

어떤 병사는 고정해놓은 화포의 포구를 끌어 앉으며 버텼다.

드드득!

상갑판 일부가 터져나가며 노를 젓던 격군의 얼굴이 보였다.

다행히 소리는 이내 잦아들었다.

투구를 잡은 채 난간에 의지해있던 이순신이 고개를 돌리며 물었다.

"모두 무사한가?"

균형을 잡기 위해 난간을 잡고 있던 부관이 급히 대답했다.

"무사합니다."

"전선은 어떤가?"

"갑판 일부가 부서진 거 외에는 멀쩡합니다."

이순신은 안심한 표정으로 지휘봉을 뽑아 정면을 가리켰다.

"지금부터 선회하여 포격을 시작한다! 목표는 적 함대의 대장선이다!"

"예!"

이순신의 명은 곧장 1층 갑판에 있는 격군장(格軍長)에게 전해졌다.

격군장은 계단 밑으로 내려와 격군을 쭉 훑어보았다.

1층 갑판은 땀내와 비릿한 바다냄새가 뒤섞여 역한 냄새를 풍겼다.

팔뚝의 소매를 뜯어낸 건장한 체격의 격군들은 땀으로 번들거리는 가슴의 땀을 더러운 수건으로 연신 닦아내며 격군장을 보았다.

얼마나 힘을 썼는지 온 몸의 힘줄이 다 튀어나와있는 듯 했다.

사람들은 잘 모르지만 이 격군이야말로 전선의 핵심이었다.

격군이 없으면 전선은 바다에 떠있는 고정포대에 불과했다.

격군장은 그들을 보니 괜스레 울컥하는 마음이 들어 코가 찡해졌다.

그러나 그가 통솔해야하는 격군 앞에서는 눈물을 보일 수가 없었다.

격군장은 그들에게 악마처럼 보여야했다.

그래야 전투에 들어갔을 때, 배의 속도를 유지할 수 있었다.

격군장은 버럭 소리를 질렀다.

"좌현으로 선회한다! 서둘러!"

좌현으로 선회한다는 말에 좌현의 노를 맡은 격군들이 바다에 거의 수직으로 박혀있는 3, 4미터 길이 노에 개미처럼 달라붙었다.

선회하는 방법은 간단했다.

회전하려는 방향에 있는 노를 저으면 끝이었다.

철썩!

격군장은 할일이 없어 서있는 격군들의 등을 후려치며 소리쳤다.

"노는 놈들도 다 노에 달라붙어!"

그 말에 쉬던 격군들이 좌현 노에 달라붙어 같이 젓기 시작했다.

그제야 육중한 동체를 자랑하던 판옥선이 선회하기 시작했다.

장대 밖으로 몸을 내민 이순신은 담담한 표정으로 배의 선회가 끝나기를 기다렸다. 다른 장수와 병사들은 모두 입이 바짝 말라가는 중이었지만 오직 이순신 혼자만 다른 세상에 와있는 듯했다.

그때였다.

먼저 선수를 돌린 원균의 전선 두 척이 곧장 돌진해왔다.

"모두 엄폐하라!"

이순신의 호령에 병사들은 급히 뱃전 위에 방패를 세웠다.

그리고 그 순간.

하늘을 시커멓게 물들인 화살비가 전선에 날아들기 시

작했다.

파파파팟!

화살은 방패를 고슴도치로 만들었다.

힘이 남은 화살 몇 개는 이순신이 있는 장대에 날아들었는데 호위하던 병사들이 급히 방패를 위로 올려 통제사의 안전을 확보했다.

이순신은 방패 숲에서 나와 고개를 돌렸다.

속도를 높인 원균의 전선 두 척이 대장선을 향해 돌진해 들어왔다.

거북선처럼 돌파한 후에 함포를 발사할 계획으로 보였다.

이순신의 시선이 대장선의 방향을 먼저 살폈다.

천천히 선회하던 대장선이 좌현으로 적선의 정면을 겨누었다.

이순신은 지체 없이 명했다.

"쏴라!"

그 순간, 소룡포 포구를 떠난 10발의 용란이 적선을 향해 날아갔다.

콰콰콰쾅!

하늘이 무너지는 듯한 폭음이 울리며 적선의 정면이 터져나갔다.

용란은 철환과는 달랐다.

철환은 고체포탄이어서 운동에너지가 전부였다.

아주 운이 좋아서 화포나, 화약을 건드려 연폭하는 경우를 제외하면 적선에 구멍을 뚫어 가라앉히는 게 기대할 수 있는 최대치였다.

그러나 용란은 폭발하는 유탄형(榴彈形) 포탄이었다.

용란이 적선의 선수와 충돌하는 순간, 안에 든 신관이 압력을 받았다.

그러면 신관에 든 부싯돌이 부시를 긁으면서 뇌홍을 강하게 찔렀다.

부시가 부싯돌을 제대로 긁었으면 불꽃이 발생하는데 그 불꽃이 뇌홍에 불을 붙여 순간적으로 엄청난 열과 불꽃을 만들어내었다.

그리고 그 불꽃은 다시 용란에 채운 작약에 불을 붙였다.

그게 끝이었다.

작약이 터짐과 동시에 안에 든 수백 개의 쇠구슬이 사방으로 날았다.

파파파파팟!

작약이 터지며 만들어낸 폭발의 충격이 채 가시기도 전에 쇠구슬이 사방으로 비산해 사람이든, 선체는 가리지 않고 파고들었다.

용란 세 발을 연달아 얻어맞은 적선은 금세 화염에 휩싸였다.

그 적선 옆에 있던 다른 적선은 운이 더 나빴다.

용란이 곧장 뱃전을 뚫고 들어가 화약고에 떨어진 것이다.

퍼엉!

귀청을 찢는 폭음과 함께 선체가 통째로 산산조각 나서 흩어졌다.

단 열 발의 용란에 적선 두 척이 그대로 침몰했다.

이순신은 밑으로 내려와서는 해 가리개를 만들어 앞을 살펴보았다.

침몰하는 적선 뒤로 선수를 돌리는 원균의 대장선이 보였다.

그 대장선 앞을 새로운 적선 다섯 척이 막 막아서는 중인데 시간이 조금만 더 흘러도 원균은 부하들의 배 뒤에 숨어버릴 태세였다.

이순신은 화포장에게 걸어가 물었다.

"대장선을 맞출 수 있겠는가?"

"꼭 맞춰야합니까?"

화포장의 대담한 질문에 이순신은 어두운 표정으로 대답했다.

"반드시 맞춰야한다. 실패한다면 이번 전투는 이겨도 이긴 게 아니다."

화포장은 덩달아 비장한 표정을 짓더니 눈을 부릅떴다.

"맡겨주십시오. 기필코 한 방 먹이겠습니다!"

화포장은 자기가 직접 함포의 각도를 조준했다.

그 화포장은 이순신을 따라 여러 전투에서 활약한 화포 장이었다.

이순신에 대한 충성심도 남달랐다.

이순신이 선조에 의해 가택연금처분을 받았을 때는 같이 충청도로 상경해선 이순신의 본가 옆에 흙으로 움막을 지어가며 살았다.

비 오듯 흐르는 땀을 옆에 있던 포수 하나가 수건으로 닦아 주었다.

땀이 자꾸 눈에 흘러들어가 시야가 흐릿하게 변했다.

긴장으로 입이 바짝 말라갈 무렵.

화포장이 고개를 돌렸다.

"조준했습니다!"

"쏴라!"

이순신의 명령이 떨어지기 무섭게 함포가 춤을 추듯 뛰어 올랐다.

대장선에 탄 모든 승조원의 시선이 함포가 조준한 곳으로 돌아갔다.

퍼엉!

화포장이 발사한 용란은 원균의 대장선 좌현을 스치듯 지나갔다.

그러나 그거면 충분했다.

좌현과 충돌한 용란의 신관이 폭발해 근처에 있던 수군 병사들을 공깃돌처럼 공중으로 날려 보냈다. 이어 화염과 연기가 치솟았다.

"장군, 명중입니다!"

부관의 기뻐하는 목소리가 들리기 무섭게 이순신은 재차 명했다.

"모든 화력을 저 대장선에 퍼부어라! 놓쳐선 안 된다!"

"예!"

화포장은 급히 재장전에 들어갔다.

장안도에 같이 매복해 있던 다른 아홉 척의 전선은 이순신이 앞으로 나서준 덕분에 적의 방해를 받지 않은 채 편안히 자세를 잡았다.

퍼퍼퍼퍼펑!

포성이 연달아 울리며 아홉 척의 전선이 한 곳에 화력을 집중했다.

원균의 대장선 옆을 막아서던 적의 전선 세 척이 그대로 폭발했다.

수백 명의 인부가 수백 그루의 거목으로 수개월을 사용해 건조한 거대하며, 육중한 판옥전선이 자그마한 용란 한 발에 무너졌다.

이순신은 새삼스레 몸에 전율이 이는 것을 느꼈다.

용란이 얼마나 대단한 무기인지 다시 한 번 실감하는 순간이었다.

　적이 용란을 가졌다면 생각만 해도 끔찍했다.

　다른 전선들이 길을 트는 사이, 이순신의 대장선은 재장전을 마쳤다.

　이번에는 한 발이 아니었다.

　무려 열 발의 용란이 대기 중이었다.

　이순신의 시선이 원균의 대장선으로 향했다.

　거리가 멀어 얼굴이 보일 리는 없었다.

　그러나 왠지 그도 자신을 보고 있을 것 같았다.

　"잘 가시오."

　중얼거린 이순신은 높이 들어 올린 지휘봉을 밑으로 힘차게 내렸다.

　그 즉시, 소룡포의 포구가 불길을 뿜었다.

　펑펑펑!

　육중한 대장선이 넘어질 거처럼 휘청하는 사이.

　포구를 떠난 열 발의 용란은 곧장 허공을 유성처럼 갈랐다.

2장. 생(生)과 사(死)

光海鑑

2장. 생(生)과 사(死)

원균은 초조한 표정으로 지시를 내렸다.

"호위선은 앞으로 진격해 적선을 막아라!"

장대 계단에 서있던 부장이 놀란 얼굴로 고개를 돌렸다.

"호위선이 빠지면 대장선을 지킬 전선이 없습니다!"

"상관없다! 어차피 이판사판이다! 보령으로 향한 전선들이 돌아오기 전까지는 호위선이라도 앞으로 나가 놈들의 진격을 막아야한다!"

"예!"

부장은 서둘러 양 옆을 방어하던 호위선 두 척을 앞으로 내보냈다.

금세 선수를 돌린 호위선 두 척은 화살을 쏘며 이순신의 대장선을 향해 짓쳐갔다. 이순신의 대장선은 호위선에서 발사한 화살 비에 놀랐는지 우왕좌왕하며 방패를 뱃전에 거느라 정신없었다.

이순신의 대장선은 선회하느라, 반격할 여유가 없었다.

무주공산과 다름없는 바다를 빠르게 돌파한 호위선 두 척은 이순신의 대장선을 양 옆에서 포위하기 위해 서로 떨어지기 시작했다.

호위선 두 척은 이순신의 대장선이 노를 젓지 못하게 양 옆에 바짝 붙은 다음, 함포를 동시에 발사해 가라앉힐 심산으로 보였다.

원균의 입은 긴 가뭄에 지친 논바닥처럼 바짝 말라갔다.

호위선의 접근하는 속도는 빨랐다.

그러나 이순신의 대장선이 선회하는 속도 역시 빨랐다.

둘 중 누가 더 속도가 빠른가에 따라서 이번 전투의 승패가 갈렸다.

이순신이 나타날 것은 어느 정도 예상한 바였다.

선조에 의해 가택연금을 당한 이순신은 본가가 있는 충청도 아산으로 향했다. 그렇다면 통제영이 있는 한산도나, 좌수영이 있는 여수가 아니라, 이곳 보령을 복귀할 장소로 정할 확률이 높았다.

원균의 예상은 보기 좋게 맞아떨어졌다.

해룡산의 일로 군대를 재건한 이혼은 이순신을 보령에

보내 충청수사 권준과 함께 위에서 내려올지 모르는 조정 수군을 막게 하였다.

이순신의 유인계와 매복계에 당한 사실은 이미 머릿속에서 지웠다.

지금은 그저 이순신의 대장선 하나만 눈에 들어올 뿐이었다.

저 대장선을 없애면 원균은 조선의 바다를 제패할 자신이 있었다.

그는 자신을 방해할 유일한 인물이 이순신이라 생각했다.

이 얼마나 꿈꿔오던 일인가.

인고의 세월을 거친 그에게 마침내 이순신의 목을 벨 기회가 왔다.

원균의 부릅뜬 눈에 핏발이 하나둘 돋았다.

"호위선의 병사들이 들을 수 있게 전고를 울려라! 함성을 질러라!"

"와아아!"

원균의 대장선에서 바다를 진동케 하는 함성이 터져 나왔다.

그 시각, 함성을 들었는지 속도를 높인 호위선 두 척은 마침내 이순신의 대장선 앞에 도착해 빠른 속도로 양면포 위에 들어갔다.

원균은 움켜쥔 주먹을 장대 난간에 내리쳤다.

"잘한다!"

이제 공격만 하면 이순신의 지긋지긋한 얼굴도 오늘로서 끝이었다.

호위선에 있는 수군병사들이 화살을 쏘며 함포를 준비하는 사이.

마침내 선회를 완료한 이순신의 대장선이 움직임을 멈췄다.

"뭐야?"

호위선을 지휘하던 장수가 장대 밖으로 고개를 내미는 순간.

퍼엉!

귀청을 찢는 포성이 울리며 선수로 날아드는 시커먼 포탄이 보였다.

"피해!"

소리친 장수는 급히 허리를 숙였다.

콰아앙!

선수에 날아든 포탄이 터지며 사방으로 시뻘건 불길을 토해냈다.

흔들리는 선체 위에서 억지로 균형을 잡은 장수가 고개를 들었다.

선수에 있던 병사들이 사방에 널브러져있었다.

폭발에 직접 휘말린 병사들은 즉사했다.

근처에 있던 병사들은 폭발할 때 터져 나온 화염에 화상을 입거나, 아니면 안에서 튀어나온 쇠구슬이 몸에 박혀 비명을 토했다.

"뭐, 뭐하느냐! 어, 어서 불, 불을 꺼라!"

연기를 헤치며 지시를 내리던 장수는 이내 얼굴을 일그러트렸다. 방금 전에 본 포탄 두 발이 이번에는 좌우 양쪽에서 날아들었다.

콰콰쾅!

엄청난 폭음과 함께 몸이 붕 떠올랐다가 뒤로 날아갔다.

장수는 의식이 끊겨가는 가운데 고개를 들어 자신의 전선을 보았다.

시커먼 연기와 시뻘건 화염이 동시에 전선을 집어삼켜왔다.

좌현과 우현에 한발씩 박힌 용란이 터지며 배 상갑판을 날려버렸다.

동료의 전선이 불에 휩싸여 바다로 가라앉는 모습을 보며 옆에 있던 다른 한 척의 호위선은 어찌할 바를 모른 채 갈팡질팡하였다.

이대로 이순신의 대장선에 돌격해야하는지, 아니면 선수를 돌려 도망을 쳐야하는지 결정하지 못해 금쪽같은 시간을 그냥 낭비했다.

"선, 선수를 돌려라!"

전선을 지휘하던 장수의 입에서 비명 같은 외침이 터졌다.

조타수가 미친 듯이 키를 돌렸다.

그리고 격군은 젖 먹던 힘마저 모두 쥐어짜내 노를 젓기 시작했다.

끼이익!

전선이 곡소리를 내며 선회에 들어갈 무렵.

펑펑펑!

다시 한 번 포성이 울리더니 세 발의 용란이 사이좋게 날아들었다.

두 발은 뱃전에 떨어져 그 주위를 초토화시켰다.

함포에 조란환과 철환을 장전하던 포수들이 배 밖으로 튕겨나갔다.

그리고 마지막 한 발은 좌현의 선체를 관통했다.

콰앙!

좌현에 들어간 용란은 불발인지 폭발하지 않았다.

격군들의 눈에 안도의 빛이 흐를 때였다.

기둥에 부딪친 용란이 화약을 저장해둔 창고로 쏙 들어갔다.

"안 돼!"

격군장의 입에서 비명이 터짐과 동시에 1층 갑판을 엄청난 화염이 휩쓸었다. 이런 화염 속에서 살아남을 수 있는 사람은 없었다.

화염은 아래와 위 양쪽으로 번져가며 전선을 통째로 태웠다.

"이, 이럴 수가!"

원균은 속절없이 가라앉는 호위선을 보며 마음이 급해졌다.

이제는 이순신의 목숨이 아니라, 자신의 목숨이 더 위험했다.

"빨리 대장선 주위를 둘러싸라! 놈들은 다시 포를 쏘려 할 것이다!"

원균의 말 대로였다.

원균의 대장선이 선수를 급히 돌리는 순간.

쾅!

이순신의 대장선에서 날아온 용란 한 발이 좌현을 강타했다.

어디를 어떻게 당했는지 전선은 그때부터 제 자리를 돌기 시작했다.

원균의 이마에 식은땀이 흐를 때였다.

그래도 상관이랍시고 원균을 지키기 위해 전선들이 여럿 달려왔다.

전선들은 이내 불이 붙은 원균 대장선 주위를 둘러쌌다.

그때였다.

이순신의 대장선과 조금 떨어져 움직이던 아홉 척의 전선이 남서쪽방향에서 급히 올라와 원균의 함대에 포격을 가하기 시작했다.

퍼퍼펑!

아홉 척의 전선이 동시에 불을 뿜는 순간.

수십 발의 용란이 유성우(流星雨)가 내리듯 바다를 갈랐다.

콰콰콰쾅!

원균의 대장선 주위를 지키던 전선들은 연기와 함께 가라앉았다.

수십 발의 용란을 뒤집어 쓴 후에 살아남을 전선은 없었다.

지원군이 때맞춰 나타나 원균 대장선을 지키던 전선을 쓸어버려준 덕분에 이순신의 대장선에서 원균의 대장선이 선명하게 보였다.

원균은 급히 부장을 불렀다.

"부장은 어디 있느냐?"

연기 속에서 기침을 하던 부장이 일어나 물었다.

"찾, 찾으셨습니까?"

부장의 얼굴은 검댕과 피가 한데 뒤섞여 야차(夜叉)처럼 변해있었다.

원균은 얼굴을 일그러트리며 물었다.

"왜 선수를 돌리지 못하는 것이냐?"

부장은 피를 너무 많이 흘렸는지 벽에 등을 기대었다.

"틀, 틀렸습니다. 키, 키가 고장 나 우린 여기서 움직일 수 없습니다."

고개를 세차게 저은 원균은 부장의 피가 흐르는 어깨를 부여잡았다.

"아니다……. 그럴 리가 없다!"

"장군!"

"너는 조타수에게 당장 선수를 돌리라 명해라!"

원균의 손을 자기 어깨에서 떼어낸 부장이 입 꼬리를 말아 올렸다.

"후후, 직접 하시지요……."

그 말을 남긴 부장은 힘이 다한 듯 그대로 쓰러졌다.

더 이상 움직이지 않는 모습으로 보아선 숨이 끊어진 모양이었다.

"으아아!"

괴성을 지른 원균은 칼을 뽑아 쓰러진 부장 머리에 내려쳤다.

그러나 차마 벨 수는 없어 부장 대신 벽에 칼질을 미친 듯이 하였다.

애꿏은 벽을 상대로 화풀이를 한 원균은 주위를 둘러보았다.

배는 이미 바다 위에 떠있는 관과 다르지 않았다.

좌현에서는 화마의 불길이 호시탐탐 그를 노리는 중이었다.

원균은 분주히 오가는 병사들을 헤치며 장대 계단으로 걸어갔다.

첨벙첨벙!

살아남은 병사와 격군 수십 명이 바다에 뛰어드는 소리가 들려왔다.

불에 타서 침몰하든, 함포에 맞아 침몰하든 어쨌든 이 전선의 수명은 다한 상태였다. 그런 상황에서 전선에 남아 있을 병사는 없었다.

삐걱!

계단을 다 오른 원균은 장대 가운데 있는 의자에 등을 깊이 묻었다.

의자에 씌운 호랑이가죽이 물에 젖어 독한 냄새를 풍겨왔다.

원균은 의자에 앉아 정면을 주시했다.

연기가 가려 앞이 제대로 보이지 않았다.

고함소리와 비명소리는 이제 거의 잦아들었다.

목숨이 붙어 있는 자는 모두 이 배를 떠난 모양이었다.

대장선에는 배의 주인 원균과 불을 뿜어내는 화마만이 남아 있었다.

의자에 앉은 원균은 고개를 들어 이순신의 대장선을 보았다.

지금쯤 함포 재장전을 마쳤을 것이다.

원균의 볼이 씰룩였다.

역사의 뒤안길로 쓸쓸이 사라져야할 사람은 이순신이 아니라, 그였다.

원균은 지금 상황이 미치도록 마음에 들지 않았다.

자존심에 대못이 박힌 게 아니라, 칼로 난도질을 당하는 기분이었다.

그러나 반대로 이순신의 능력을 인정하지 않을 수는 없었다.

그야말로 깨끗하게 당했다.

권준의 유인계와 이순신의 매복기습에 깨끗하게 당해 상대보다 많은 전선을 가지고도 힘 한 번 써보지 못한 채 죽음을 앞두었다.

하지만 입에서는 전혀 다른 말이 튀어나왔다.

"이겼다고 생각하지 마라! 넌 단지 나보다 운이 좋았을 뿐이니까!"

원균은 이어 연기로 가득한 하늘에 쏘아붙였다.

"흥, 나대신 그를 택했으니 어디 둘이서 한 번 잘해보시오!"

원균은 벌떡 일어나 이순신의 대장선을 노려보았다.

그런 원균을 향해 용란 수발이 날아들었다.

평평평평!

용란을 연달아 맞은 원균의 대장선은 화염에 휩싸여 곧 폭발했다.

"으아아아!"

원균은 덮쳐오는 불길을 보며 눈을 부릅떴다.

그리고 그게 원균이 이 세상에서 마지막 본 광경이었다.

한편, 원균의 대장선이 폭발하는 모습을 본 이순신은 바로 지시했다.

"전군 공격을 멈춰라! 함부로 발포하는 자는 군율로 다스릴 것이다!"

이순신의 군율은 엄격하기로 유명했다.

명령불복종이나, 탈영에는 가차 없이 수급을 베어 효수했다.

이순신의 지시를 받은 열 척의 전선은 더 이상 용란을 쏘지 않았다.

이순신은 이어 사후선을 불러 명했다.

"원균이 전사한 사실을 알려주어라! 그리고 항복을 권해라!"

"옛!"

사후선 10여 척은 곧바로 적 함대에 접근해 이순신의 명을 전했다.

원균의 함대를 지휘하던 장수들은 좌우를 둘러보았다.

왼쪽은 통제사 이순신이 직접 지휘하는 전선 열 척에 막혀 있었다.

그리고 오른쪽에는 보령으로 후퇴했던 충청수사 권준의 전선 30여척이 어느새 전장으로 복귀하여 강한 압박을 가해오는 중이었다.

이순신의 함대에 당해 10척이 줄었지만 여전히 원균의 함대는 40척 수준을 유지하는 중이었다. 아직은 싸울 힘이 충분히 있었다.

그러나 아무리 생각해도 이길 거 같지가 않았다.

40척이 아니라, 100척이 있어도 이순신 함대에 이길 거 같은 기분이 들지 않았다. 이순신의 함대가 사용하는 폭발하는 포탄은 둘째치고서라도 이순신이라는 이름 자체가 주는 위압감이 엄청났다.

아군일 때는 누구보다 든든한 이름이지만 적으로 맞섰을 때는 누구보다 두려운 이름이 바로 이순신이라는 세 글자 이름인 것이다.

누가 먼저 걸기 시작했는지는 아무도 몰랐다.

그러나 곧 함대 전체에 투항을 의미하는 흰 기가 걸리기 시작했다.

항복을 받아들인 이순신은 주위에 있는 전선들에 명했다.

"바다에 떨어진 병사들을 구해라! 그들도 우리와 같은 조선의 백성들이다! 우둔한 자를 장수로 모신 일 외에는 그들에겐 죄가 없다!"

"옛!"

곧 뜰채와 장대로 바다에 빠져 허우적대는 병사들을 건져 올렸다.

모두 다 구할 수는 없었지만 어떻게든 최대한 많이 살려 봐야 했다.

그게 이혼이 원하는 바였다.

"휴우."

안도의 숨을 내쉰 이순신은 대장선 의자에 앉아 하늘을 바라보았다.

먹구름이 낀 하늘은 당장이라도 비를 뿌릴 거처럼 어둑했다.

고개를 한 번 저은 이순신은 고개를 돌려 북쪽을 보았다.

자신에게 주어진 임무는 훌륭하게 완수했다.

이젠 도성으로 향하는 이혼에게서 좋은 소식이 오길 기다려야했다.

한편, 도성의 분위기는 최악으로 치닫는 중이었다.

병력을 있는 대로 다 끌어 모아 출전한 김명원은 이천에서 패했다.

단순한 패배가 아니었다.

쥐어짜낸 전력이 반나절을 넘기지 못하고 뿔뿔이 흩어졌다.

심지어 병력을 지휘할 책임이 있는 김명원, 김경서와 같은 장수마저 적에게 투항해버린 상황이니 두 말하면 입이 아플 지경이었다.

조정의 신하들은 앞 다투어 선조에게 평양으로 몽진할 것을 청했다.

평양성에서 다시 근왕군을 조직해 조선의 진정한 주인이 누구인지 마지막으로 결판을 내어 결정짓던지, 아니면 협상을 통해 하삼도를 세자에게 주어 영토를 반으로 나누던지 하자는 말이었다.

한데 문제가 생겼다.

선조가 처소의 문을 모두 닫아건 채 신하들의 접견을 거부한 것이다.

선조의 행동을 두고 신하들의 의견이 분분했다.

임진년에 이어 또 한 번 아들에게 쫓겨 몽진해야하는 게 남 보기 부끄러워 그렇다느니, 아니면 세자가 도성은 공격하지 않으리란 확신이 있어 그렇다는 등, 여러 의견들을 홍수처럼 쏟아냈지만 정작 선조의 어심을 정확히 아는 자는 도성 어디에도 없었다.

신하들의 마음은 답답함을 넘어 조급해지기 시작했다.

이천읍성에서 대승을 거둔 분조군은 단숨에 한강을 넘

어 도성으로 육박해오는 중이었다. 여기서 더 지체하면 모든 게 끝장이었다.

지금은 선조나, 사직을 걱정할 때가 아니었다.

자신의 목숨과 자기 가문의 보전을 먼저 걱정해야할 때였다.

그런 정황은 곳곳에서 드러났다.

이름이 알려지지 않은 하급 관원들이 먼저 야반도주하기 시작했다.

그 동안 모은 재산에 마누라와 아들딸, 심지어는 애첩까지 달고 도성을 빠져나가는 관원들이 하루에도 수십 명에 이를 지경이었다.

이름이 있는 자들은 보는 눈이 많아 대놓고 못할 뿐이지, 왜군의 눈을 피해 숨겨두었던 재산을 다시 도성 밖으로 보내기 시작했다.

적당한 기회를 골라 도망칠 만반의 준비를 갖춘 셈이었다.

관원들이 이런 지경이니 백성들의 분노야 이루 말할 수가 없었다. 왜군이 쳐들어왔을 때도 백성을 버리고 먼저 도망치더니 이번에도 백성은 나 몰라라 한 채 먼저 도망칠 궁리부터 하는 것이다.

천천히 제 모습을 찾아가던 도성은 백성들의 분노로 다시 아수라장으로 변했다. 대신들의 저택은 불에 타서 재로 변했으며 저택에 있던 물건은 수저 하나, 기와 한 장 제대로 남아나지가 않았다.

그 와중에 전선에서 들려오는 소식은 점점 급박해지기 시작했다.

"분조군이 이천읍성을 점령했습니다!"

"도원수 김명원장군이 분조군에게 항복했습니다!"

"분조군이 광주를 지나 한강으로 곧장 북상 중에 있습니다!"

"분조군이 지금 나룻배와 고깃배를 모아 한강을 도하하는 중입니다!"

"한강을 도하한 분조군이 도성으로 진격을 시작했습니다!"

그 다음에는 굳이 전령을 보낼 필요가 없었다.

도성에 있는 모든 사람들이 분조군의 모습을 똑똑히 볼 수 있었다.

이혼은 도성 동쪽에 있는 왕십리에 진채를 내린 채 움직이지 않았다.

한강을 도하할 때는 당장이라도 도성으로 진격해 점령할 기세였지만 어찌된 일인지 왕십리에 진채를 내린 후에는 움직이지 않았다.

이는 무언의 압박이었다.

항복하든지, 아니면 나와서 싸우라는 소리였다.

이혼의 예상치 못한 움직임에 조정은 더 우왕좌왕하기 시작했다.

지휘를 해야 할 선조는 처소에 박혀 움직이지 않았고 도성을 지켜야할 병력은 도망친 지 오래였으며 백성은 계속 폭동을 일으켰다.

일부 백성은 분조군을 찾아가 도성에 입성해 달라 청하기도 하였다.

이혼은 진채 밖으로 나와 도성의 하늘을 살펴보았다.

땅거미가 짙게 내려앉은 가운데 곳곳에서 검은 연기가 올라왔다.

이혼은 옆으로 다가온 유성룡에게 물었다.

"더 늦기 전에 입성하는 게 좋지 않겠소?"

"지금 들어가시면 피를 보셔야합니다."

"도성이 불타는 거보다는 낫지 않겠소?"

이혼의 물음에 유성룡은 고개를 저었다.

"기다려보십시오. 반드시 좋은 소식이 있을 겁니다."

대답한 유성룡은 이혼처럼 연기가 올라오는 도성 하늘을 주시했다.

유성룡이 무얼 기다리는지는 알 수 없었다.

그러나 어쨌든 이혼은 유성룡의 말대로 기다렸다.

그 시각, 월산대군의 저택에는 기이한 적막감이 감도는 중이었다.

왕실은 경복궁과 창덕궁, 심지어 창경궁마저 불에 타는 바람에 그나마 멀쩡히 남아있던 월산대군저택을 행궁으로 개조해 사용했다.

　선조는 그동안 월산대군저택 사랑채에 머물며 계속 조회를 열었다.

　한데 이혼이 이천읍성에서 조정군을 상대로 대승을 거둔 후에는 신하들의 접견요청을 모두 거절한 채 장기 칩거에 들어가 있었다.

　윤두수, 윤근수, 정철 등 서인 대신들이 매일 찾아와 알현을 청했으나 선조는 사랑채 안에 틀어박혀 나올 생각을 통 하지 않았다.

　윤두수는 임해군이나, 순화군, 정원군을 동원해 어떻게 해서든 선조의 생각을 알아보려했으나 왕자들 역시 문안인사를 거부당했다.

　마지막 방법은 중전이나, 세자빈을 이용하는 방법이었는데 아쉽게도 두 여인 모두 이곳에서 멀리 떨어진 함경도에 피난 가있었다.

　일이 어떻게 흐를지 모른다며 선조가 두 여인의 환도(還都)를 극구 만류하는 바람에 벌써 2년 넘게, 북방지역을 정처 없이 떠돌았다.

　선조의 칩거가 길어지며 조정은 거의 와해수준에 이르렀다.

중재해야할 선조가 칩거하니 자기들끼리 싸우기 시작했다.

윤두수형제가 영수로 있는 서인은 이산해 등의 북인이 이혼과 내통했다며 맹공격을 퍼부었다. 또, 이산해, 홍여순(洪汝諄)과 같은 북인들은 윤두수형제가 해룡산에서 기습만 하지 않았으면 이런 일은 없었을 거라며 반격해 조정은 조정대로 분란에 휩싸였다.

각자 제시한 지금 상황의 해결법 역시 차이를 드러냈다.

윤두수는 비장한 얼굴로 고함을 질렀다.

"우리 모두 갑옷을 입고 칼을 찬 채 전하를 호위해야할 것이오! 역도들에게 목숨을 잃는 한이 있어도 우리는 주상전하를 배신해서는 안 되오! 그게 두 임금을 섬기지 않는 유일한 길일 것이오!"

이산해가 답답하다는 듯 대꾸했다.

"폭동이 더 거세지기 전에 분조군을 도성 안으로 맞아드려야 하오! 그게 종묘사직과 조선의 왕실을 구하는 유일한 해결책일 것이오!"

서인과 북인의 영수들은 얼굴을 마주칠 때마다 격한 논쟁을 벌였다.

그러나 격론 끝에 나온 결론은 언제나 하나여서 허탈할 지경이었다.

바로 선조의 어심이 무엇인가였다.

선조가 결사항전을 원하면 결사항전을 하는 것이다.

또, 선조가 세자에게 항복하길 원하면 따를 생각이었다. 후자에는 '아들이 설마 아버지를 어떻게 하겠어.' 라는 생각이 깔려있었다.

권력 앞에서는 피를 나눈 관계라도 어쩔 수 없다지만 유교에서 가장 강조하는 효를 버린 채 집권한다면 그 권력은 오래가지 못했다.

이혼은 분명 선조를 상왕으로 올리든지 해서 모양새를 보기 좋게 꾸밀 게 분명해 항복한다면 어찌됐든 체면을 유지할 수가 있었다.

조정에서 이런 저런 논의가 활발히 오가는 중에도 선조는 여전히 두문불출(杜門不出)하며 조정 대신들의 가슴을 새카맣게 태웠다.

사랑채를 찾은 이산해가 상선(尙膳) 윤내관(尹內官)을 불러 물었다.

"주상전하는 좀 어떠시오?"

"그대로시옵니다."

"들어가서 이산해가 알현을 청한다고 여쭤봐 주시오."

"소용없을 겁니다."

이산해가 미간을 굳혔다.

"어허, 내 말대로 여쭤보라니까."

"알, 알겠습니다."

대답한 윤내관은 사랑채 안으로 들어가 이산해가 왔음을 통보했다.

그러나 선조는 아무런 말이 없었다.

분명 살아있는 것은 분명한데 선조는 그 누구도 만나려 하지 않았다.

몇 번 더 물은 윤내관은 돌아 나왔다.

"아무도 들이지 말라 하십니다."

혀를 찬 이산해가 한숨을 쉬며 다시 물었다.

"수라는 좀 드시었소?"

윤내관은 다시 고개를 저었다.

"이틀째 미음조차 들지 않고 계시옵니다."

"어허, 이거 큰일이군. 내시부에서는 불충하는 있더라도 전하께서 수라를 들게 해야 할 것이오. 지금 같은 상황에서 주상전하마저 쓰러지시면 조선이라는 나라는 역사 속으로 사라져버릴 것이오."

윤내관은 화들짝 놀라 물었다.

"내시부에서 강제로라도 수라를 들게 하시란 말씀입니까?"

"그렇소."

"그걸 어찌 내시부에서……."

이산해가 노기 띤 음성으로 물었다.

"못하겠다는 말이오?"

윤내관은 이산해의 시선을 피하며 되물었다.

"전하의 건강을 책임지는 어의들에게 명을 하시는 게 어떨는지요?"

"전하의 수발을 드는 데가 대체 어디요? 내시부 아니오?"

"그야 그렇습니다만."

"내 말대로 하시오. 알겠소?"

이산해의 재촉에 윤내관은 어쩔 수 없이 고개를 끄덕였다.

"분, 분부대로 합지요."

"내 저녁에 돌아와서 확인해보고 안 되어 있으면 경을 칠 것이오."

윤내관에게 경고한 이산해는 관복 자락을 휘날리며 돌아갔다.

그런 이산해 옆에는 북인의 젊은 관원과 사병 수십 명이 따라붙었다. 도성의 폭동이 가라앉을 기미가 보이지 않아 이산해나, 윤두수와 같은 사람들은 이렇게 수십 명에 둘러싸여 행궁을 오갔다.

언제 어디서 분노한 백성의 습격을 받을지 모르는 일이었다.

또, 상대 당에서 자객을 보낼 가능성 역시 있었다.

요즘은 도의(道義)가 땅에 떨어져 무슨 일이 일어나도 놀랍지 않았다.

이산해가 돌아가고 얼마 지나지 않아 윤두수형제가 사랑채를 찾았다.

윤두수형제는 현 조정에서 영향력이 가장 강한 대신이었다. 벼슬에서도 이를 알 수 있는데 윤두수는 영의정, 윤근수는 병조판서였다. 가장 중요한 두 개의 요직을 형제가 사이좋게 차지한 것이다.

선조도 뒤늦게 서인이 정사를 농단할 가능성이 있다는 생각을 했는지 북인 이산해를 좌의정, 홍여순을 예조판서로 임명했지만 권력이 약해 윤씨 두 형제가 정사를 농단하는 것을 막지 못했다.

갑옷과 투구를 입은 윤두수가 허리에 칼마저 찬 채 나타나 물었다.

"좌의정이 왔다갔소?"

윤내관은 윤두수의 먼 친척이었다.

얼마나 먼 친척인지는 모르지만 어쨌든 별 볼일 없는 내관이던 윤내관은 윤두수의 입김으로 내시부의 수장, 상선의 지위에 올랐다.

윤내관은 이산해를 만날 때와는 전혀 다르게 굽실거리며 대답했다.

"예, 대감. 방금 왔다갔습니다."

"그가 뭐라 하였소?"

윤내관은 이산해와 나눈 대화의 내용을 빠짐없이 알려

주었다.

다 듣고 난 윤두수는 코웃음을 치며 소리쳤다.

"흥, 담력이 아녀자와 다를 바 없군!"

윤두수는 굳게 닫혀 있는 사랑채의 문을 보다가 고개를 흔들었다.

마치 선조에게는 더 이상 기대할 게 없다는 표정이었다.

"전하께서 안하신다면 저라도 나가 싸우겠습니다."

윤두수는 윤근수와 함께 선조가 있는 사랑채에 절을 올렸다.

절을 다 올린 윤두수는 이내 말에 올라 월산대군저택을 빠져나왔다.

그런 윤두수, 윤근수형제 주위에 장정 수백 명이 모였다.

"가자! 우리는 지금부터 조선 역사를 위해 목숨을 바치러가는 것이다!"

말배를 찬 윤두수, 윤근수형제는 이내 흥인지문으로 말을 몰았다.

성문을 지켜야할 장수와 병사들은 이미 도망친 지 오래였다.

윤두수형제는 활짝 열린 성문을 나와 곧장 분조군 진채로 달려갔다.

흙먼지를 피워 올리며 1, 2킬로미터를 달렸을 무렵.

마침내 분조군의 선봉이 모습을 드러냈다.

과연 분조군의 기세는 대단했다.

무려 3단에 이르는 목책으로 분조군 전체를 둘러 이동하는 요새를 보는 듯했으며 목책에 설치한 문은 정병 수십 명이 방어했다.

윤두수의 눈에 날카롭게 갈린 창과 병사들의 매서운 눈빛이 보였다.

병사들의 행동 하나하나에 절도가 풍기는 게 과연 지옥과 같던 아수라장을 혼자 힘으로 헤쳐 나온 분조군이라는 생각이 들었다.

윤두수는 기세에 지지 않으려는 듯 오히려 가슴을 펴며 소리쳤다.

"역도는 나와 당장 무릎을 꿇어라!"

윤두수의 쩌렁쩌렁한 외침이 분조군 전체에 퍼져갔다.

곧 웅성거리는 소리가 들려오더니 망루 위에 장수가 나와 소리쳤다.

"신분을 먼저 밝혀라!"

"나는 조선의 영의정부사 윤두수다! 네 놈은 누군가?"

"나는 근위사단 1연대장 황진이외다!"

과연 자세히 보니 몇 년 전 본 적이 있는 황진이었다.

왜란 동안 불리한 상황에서 왜군을 여러 차례 격파해 그 명성이 팔도에 자자한 황진마저 선조를 버리고 이혼 밑에 들어가 있었다.

윤두수는 손을 저으며 소리쳤다.

"내 역적의 목을 취하러왔으니 네 주인더러 나오라고
해라!"

"항복하려 오셨소?"

"무슨 소리냐? 내가 한 말을 듣지 못한 것이냐?"

황진은 고개를 저었다.

"세자저하께서는 항복하러 온 게 아니면 아무도 들이지
말라 하셨소!"

"네 놈이 감히!"

버럭 소리친 윤두수는 기수를 돌리더니 부하들에게 명
했다.

"모두 역적을 쳐라!"

그러나 윤두수의 생각과 부하들의 생각은 다른듯했다.

명령이 떨어짐과 동시에 장정 대부분이 무기를 버린 채
도망쳤다.

윤두수는 당황하여 도망치는 부하들을 잡을 생각조차
하지 못했다.

결국, 눈 깜짝할 사이에 모두 도망쳐 윤두수와 윤근수형
제 주위에 남은 사람은 이미 관에 한 발짝 걸쳐놓은 노복
몇이 전부였다.

윤두수는 핏발 선 눈으로 도망치는 부하들의 등을 바라
보다가 고개를 돌려 장대에 있는 황진의 얼굴을 보았다.

황진의 얼굴은 전과 달라진 게 없었지만 윤두수의 눈에는 비웃는 거처럼 보였다.

"이럇!"

칼을 뽑은 윤두수는 말배를 차서 목책으로 돌진했다.

그 뒤를 윤근수와 노복 몇 명이 따랐다.

황진은 망루 밑에 있는 부하들에게 명했다.

"대충 상대해주다가 모두 사로잡아버려라!"

"예, 장군!"

1연대 병사들은 목책에 돌진하는 윤두수의 말을 향해 용아를 쏘았다.

탕탕탕!

총소리가 여러 번 울린 후 윤두수는 바닥에 떨어졌다.

그가 탄 말은 이미 탄환을 여러 발 맞아 즉사한 상태였다.

그야말로 귀신과 같은 솜씨여서 윤두수의 몸에는 상처조차 없었다.

말이 쓰러지며 바닥으로 떨어진 윤두수는 괜찮은지 벌떡 일어났다.

쓰고 있던 투구는 어디로 날아갔는지 상투 튼 머리를 산발한 채 미친 사람처럼 목책에 달려들어서는 그 뒤에 있는 병사를 베려했다.

그 모습을 싸늘한 눈으로 지켜보던 장교 하나가 소리쳤다.

"올무를 던져 움직이지 못하게 만들어라!"

"예!"

병사들은 바로 짐승을 잡은 올무를 던져 윤두수의 몸을 옭아맸다.

윤두수는 빠져나가기 위해 버둥거렸지만 오히려 움직이면 움직일수록 올무가 더 옥죄어 들어와 손가락조차 까딱할 힘이 없었다.

이는 윤근수와 노복들 역시 마찬가지였다.

줄줄이 올무에 걸려서는 목책 안으로 잡혀 들어왔다.

잡힌 윤두수는 상처 입은 호랑이처럼 성을 내며 연신 욕을 하였다.

욕의 대상은 이혼과 선조를 배신한 여러 대신들이었다.

중군 진채에 있던 이혼은 도원수 권율의 방문을 받았다.

"들으셨습니까?"

"윤두수와 윤근수말이오?"

이혼의 되물음에 권율이 고개를 끄덕였다.

"예, 저하. 두 사람이 목책에 달려들었다가 생포당한 모양입니다."

"으음."

이혼은 근심에 잠긴 얼굴로 신음을 토했다.

그 모습을 본 권율이 조심스레 물었다.

"두 사람을 어떻게 하시겠습니까?"

"지금은 만나지 않겠소. 그냥 진채에 잡아두시오."

"알겠습니다."

대답한 권율은 군례를 취한 후 1연대가 있는 전군(前軍)으로 향했다.

권율이 돌아감과 동시에 유성룡이 들어왔다.

"윤두수형제가 무모한 짓을 했다는 말은 저쪽에서 자중지란(自中之亂)이 일어난다는 증거입니다. 조금 더 기다려 보십시오. 서인의 영수가 잡혔으니 이산해가 주상전하를 설득할 수 있을 겁니다."

"알았소."

이혼은 고개를 끄덕였다.

그 날 밤, 이혼은 밖으로 나와 밤하늘을 보았다.

추석이 가까워 그런지 달이 임산부 배처럼 부풀어 오르는 중이었다.

달 옆에는 쏟아질 거처럼 많은 별들이 호위하듯 넓게 펼쳐져 있었다.

"음, 이제는 제법 춥군."

쌀쌀한 바람에 옷깃을 여민 이혼은 장대에 올라가 도성을 보았다.

짙은 어둠에 잠긴 도성은 불빛이 군데군데 보일 뿐이었다.

마치 죽은 도시와 같은 형상에 이혼은 가슴이 아팠다.

도성은 과거의 도시가 아니라, 미래를 향한 도시여야
했다.

한데 그 도시가 지금 무너지는 중이었다.

이혼은 칩거에 들어간 선조가 답답해서 미칠 노릇이
었다.

'대체 무슨 생각이지? 항복하기 전에 마음을 정리하는
중인가? 아니면 계속 저항할 생각이란 말인가? 도대체 마
음을 알 수 없군.'

이혼은 선조를 떠올려보았다.

그가 빌린 육체는 선조에게서 몸의 반을 물려받았다.

그것을 부정할 생각은 전혀 없었다.

그는 부정할지 몰라도 세상은 이혼을 선조의 아들이라
생각했다.

그런 점으로 인해 선조보다 이혼을 욕하는 이들도 많
았다.

이유야 어쨌든 아들이 아버지를 향해 칼을 들이미는 행
동은 유교의 나라인 조선에서 좀처럼 받아들이기 어려운
불효에 해당하였다.

더욱이 보통 부자관계가 아니었다.

그는 세자였으며 선조는 임금이었다.

이는 부자의 관계를 넘어 신하가 군왕에게 칼을 들이민
상황이었다.

즉, 역모였다.

불효와 역모.

이 두 가지가 이혼의 명분을 계속 갉아먹는 중이었다.

이혼은 사실 선조에 대한 감정이 별로 좋지 않았다.

비 내리는 약산산성에서 잠깐 본 게 다였기에 부자의 정은 애초에 있을 리가 없었다. 그런 상황에서 선조는 이혼의 발목을 매번 잡아끌어 임진란에 일어난 전쟁이 2년이나 지속되도록 만들었다.

선조가 이혼을 지원해주었다면 전쟁은 1592년 겨울에 끝났을 것이다.

이혼에게 그런 선조는 이미 남보다 못한 사람이었다.

그렇다고 모르는 사람처럼 선조를 막 대할 수는 없었다.

당장 도성을 점령한 다음, 선조문제를 끝내고 싶은 마음이 하루에 열두 번씩 들지만 그 동안 단련한 인내심으로 참아내는 중이었다.

장수들 중 일부는 그런 이혼에게 대놓고 불만을 토했다.

빈 성이나 다름없는 도성을 눈앞에 둔 채 좀처럼 움직일 생각이 없는 이혼을 겁쟁이라 생각하는 장수마저 더러 있을 지경이었다.

그러나 이혼은 꿈쩍하지 않았다.

지금은 무엇보다 명분이 중요했다.

아버지를 죽인 아들로 낙인이 찍히면, 기껏 만든 명분이 사라졌다.

그리고 유성룡과 같은 온건한 성향의 인물들이 그를 떠날 가능성이 높았다. 지금도 난군(亂軍)으로 변한 근위사단이 도성을 약탈하며 쓸데없는 피를 보게 될까봐 걱정하는 사람들이 아주 많았다.

겉으론 평화로워보여도 분조군 역시 안에 갈등을 내재한 상태였다.

장수들은 당장 공격을, 문관들은 조정의 대답을 기다리길 원했다.

장수와 문관이 대립하며 이혼을 막후에서 괴롭혔다.

시간을 더 지체하다가는 충돌할 가능성을 배제하기 힘들었다.

이혼은 일단 문관의 손을 먼저 들어주었지만 오래 버틸수는 없었다.

장수들의 반감이 그 만큼 거셌다.

이혼의 시선이 다시 도성으로 향했다.

선조가 움직이지 않는다면 결국 그가 먼저 움직여야했다.

3장. 옥좌(玉座)의 주인

N E O   A L T E R N A T I V E   H I S T O R Y   F I C T I O N

光海鑑

3장. 옥좌(玉座)의 주인

　촛불을 보는 선조의 눈은 실핏줄이 터져 빨갛게 변해있었다.

　잠을 이루지 못해 밤을 하얗게 새운 날이 오늘로 벌써 닷새째였다.

　잠을 자기 위해 눈을 감으면 칼을 든 세자의 얼굴이 보였다.

　세자는 매번 악귀나찰과 같은 형상으로 그를 죽이기 위해 달려왔다.

　세자의 칼에 몸을 스칠 때마다 피와 살점이 비처럼 쏟아졌다.

　결국 바닥에 쓰러진 선조는 자기가 흘린 피 속에 누워

꿈틀거렸다.

선조는 식은땀으로 흠뻑 젖은 채 벌떡 일어나선 악다구니를 썼다.

그러나 곧 꿈이었음을 안 선조는 허탈해 주저앉았다.

억지로 다시 잠을 청해보지만 그 다음이 더 문제였다.

이번에는 윤두수와 이산해, 정철 등이 나타나 그를 손가락질 하였다.

또, 유성룡과 이항복, 이덕형은 그를 보며 비웃기 시작했다.

신하들의 얼굴은 다시 백성들의 얼굴로, 백성들의 얼굴은 다시 임진란에 죽어간 병사들의 얼굴로 바뀌어가며 그를 괴롭혔다. 마지막에는 모든 얼굴이 한데 뭉쳐 그에게 미친 듯이 달려들었다.

"으아악!"

잠에서 깬 선조는 촛불 앞에 멍하니 앉아있었다.

다 타서 밑동만 남은 촛불이 그의 삶을 은유하는 듯했다.

이제 그의 삶은 종말을 고할 때가 왔다.

더 추해지기 전에 뒤안길로 사라지라는 무언의 압력처럼 다가왔다.

나는 무엇을 잘못한 것일까?

정말로 첫 단추를 잘못 끼워서 모든 게 어그러진 것일까?

어쩌면 평양에서 대신들의 압력에 굴복해 광해군을 세

자로 앉힌 게 잘못인지도 몰랐다. 많은 아들을 낳았지만 하나같이 마음에 들지 않았다. 임해군처럼 성격이 포악하거나, 아니면 정원군처럼 계집을 밝혀 종친의 아내마저 겁탈하려는 쓰레기들 밖에 없었다.

한데 광해군은 그런 왕자들과 달랐다.

대신들이 광해군을 일찌감치 세자로 책봉하려했던 게 이상한 일이 아니었다. 왕자들 사이에 끼어있으면 군계일학이나 다름없었다.

그러나 이 정도일 줄은 몰랐다.

세자는 거의 혼자 힘으로 왜란을 극복해냈다.

근위사단을 조직해 함경도와 평양, 도성을 연달아 수복하더니 하삼도에 내려가 경상도 해안가에 농성하던 왜의 대군마저 격파해냈다.

쉽게 믿지 못할 일이었다.

아들의 활약에 다른 평범한 아버지들처럼 기뻐한 적도 잠깐 있었다.

한데 다시 생각해보니 좋아할 게 전혀 아니었다.

힘을 쌓은 아들이 보위를 위협한다면 자신은 방어할 수단이 없었다.

아직은 세자의 나라가 아니라, 자신의 나라였다.

이 나라의 주인이 그라는 사실을 모두에게 똑똑히 보여주고 싶었다.

그래서 강원도에 있던 세자를 행재소가 있는 의주로 불러올렸다.

그쯤하면 세자의 기세가 꺾일 줄 알았다.

더욱이 학수고대하던 명나라의 지원군마저 조선 땅에 도착한 터였다.

명나라의 천군(天軍)이 오니 마음이 든든했다.

관군이나, 의병은 영 믿음이 가질 않았다.

관군은 얼마나 형편없던지 20일 만에 도성을 내어주지 않았던가. 그리고 의병은 언제 폭도로 변할지 모르는 무식한 놈들이었다.

말만 의병이지, 그들의 속셈이 무엇인지 누가 알겠는가.

막말로 역도로 돌변하는지 누구도 장담 못하는 일이었다.

이순신의 수군이 활약한다지만 그 또한 믿음이 가지 않았다.

중요한 것은 바다가 아니라, 평양성에 자리 잡은 왜국의 육군이었다.

자신의 목을 겨누는 칼끝을 꺾어줄 사람이 절실히 필요했다.

그런 상황에서 명의 천군이 당도했으니 이긴 전쟁이나 다름없었다.

천군은 예상대로 평양성을 단번에 떨어트려보였다.

한데 기세 좋게 나아가던 천군이 벽제관에서 예상치 못

한 패배를 당한 후 좀처럼 움직일 생각을 하지 않았다. 그때, 고집을 부려 평양성전투에 합류했던 세자가 하삼도로 가더니 왜군을 연파했다.

선조는 그때부터 세자를 아들이 아니라, 경쟁자로 보았다.

세자는 그의 어명을 무시한 채 하삼도에 들어가 제멋대로 움직였다.

제 맘대로 벼슬을 주어버리거나, 제 맘대로 군제를 개편했다.

열불이 뻗쳐서 미쳐버릴 지경이었다.

세자는 마치 자기가 벌써 임금인양 행동하지 않았던가.

그가 멀쩡히 살아있는 상황에서 이는 역모와 다름없었다.

선조는 분노를 참을 수 없어 세자에 대항할 준비를 시작했다.

어느 순간, 정신을 차려보니 이미 세자는 그와 같은 하늘을 이고 살 수 없는 원수로 변해있었다. 그는 세자를 찢어죽이고 싶었다.

한데 믿었던 김명원이 이천읍성에서 대패했다.

선조는 커다란 충격을 받았다.

윤두수형제는 평양성으로 가서 훗날을 도모하자는데 아들에게 쫓겨 평양성으로 도망친다면 역사는 그를 비겁자로 묘사할 것이다.

이미 왜군이 두려워 의주로 도망친 마당에 다시 한 번 몽진한다면 역사는 그를 암군(暗君)에 겁이 많은 자로 묘사할 게 분명했다.

다른 것은 다 견뎌도 그것만은 절대 참을 수 없었다.

선조는 도성에 남기로 결정했다.

그리고 도성에 들어온 세자를 준엄한 어조로 꾸짖을 생각이었다.

한데 세자는 왕십리에 진채를 세우더니 움직이지 않았다.

선조는 세자가 자신을 놀리는 거 같아 더 견딜 수 없었다.

마지막 희망은 원균의 수군이었는데 방금 전 그 수군이 이순신의 수군에 완파당해 원균은 불귀의 객이 되었다는 소식을 접했다.

마지막 희망마저 사라진 선조는 허탈했다.

바닥까지 몰리니 머릿속에 가득 차있던 질투와 아집마저 사라졌다.

오랜만에 머리가 맑아지며 모든 게 선명하게 다가왔다.

20여 년 전 명종의 병수발을 하던 시절의 기억이 떠올랐다.

명종은 평생을 골골 앓아 후사 하나 제대로 남기지 못했다.

왕실은 명종의 대를 이을 재목을 찾기 위해 방계 왕자들을 차례대로 불러 명종의 병수발을 맡기며 행동거지를 자세히 관찰했다.

그 중 하성군(河城君)이 지금의 광해군처럼 왕자들 사이에서 눈에 띄는지라, 자연스럽게 명종의 대를 이어 열네 번째 임금에 올랐다.

그게 바로 지금의 선조였다.

즉위한 선조는 부담감이 막심했다.

명종 대는 조선 후기 세도정치에 버금가는 암흑기였다.

왕후의 오라비가 왕후를 등에 업고 정사를 농단해 임꺽정과 같은 산적이 출몰하는 등, 삼정은 갈수록 문란해졌고 부패는 극심했다.

선조는 이를 해결하지 못하면 나라를 운영하기 어렵다는 생각에 부패한 훈구파를 몰아낸 다음, 산림(山林)을 적극적으로 등용했다.

이때의 선조는 성군을 자질을 엿보였다.

누구보다 열정적으로 신하들의 말에 귀를 기울였으며 명현(名賢)이 있으면 먼 곳이라도 사람을 보내 청하기를 주저하지 않았다.

선조는 방계라는 약점에도 불구하고 명종대의 혼란을 훌륭하게 수습하며 나라를 다시 안정적인 기반 위에 올려놓는데 성공했다.

한데 혼란을 수습하기 위해 등용한 사람이 문제였다.

명종 때 진출해 미리 자리를 잡은 사람과 선조가 등용한 젊은 사림이 대립하더니 급기야 동인과 서인으로 갈라져 싸움을 벌였다.

밖에서 보면 혼란스럽기 짝이 없는 상황이었다.

한데 선조의 눈에는 이것 또한 하나의 기회로 보였다.

붕당이 대립하는 상황을 이용하면 중종 이후 추락한 왕권을 강화할 수 있을 것 같았다. 또, 방계혈족에서 오는 정통성의 부재 역시 이 기회를 적절히 이용한다면 다시 찾아올 수 있을 것 같았다.

선조는 서인에 있다가 동인으로 당적을 옮겨 동인의 젊은 영수 이발 등과 교류하던 정여립을 내심 주목했다. 결국, 정여립이 사고를 치는 바람에 선조의 뜻대로 일이 흘러가기 시작했다. 정여립의 역모라면 정여립과 그 주위에 있는 인물만 처리하면 끝이었다.

한데 선조는 역모를 주관할 위관으로 서인의 영수 정철을 지목했다.

정철은 신이 나 정여립의 역모와 관계없는 동인의 영수들마저 때려잡았다. 기축옥사로 동인이 천 명 가까이 죽어나갈 지경이었다.

정철에 대한 분노가 하늘을 찌르던 동인은 이산해 등이 주축이 되어 건저의사건을 일으키며 서인 영수 정철을 위기에 빠트렸다.

선조는 다시 정철을 귀양 보내는 등 확실하게 동인을 밀어주었다.

동인은 정여립의 역모사건으로, 서인은 건저의사건으로 각각 큰 타격을 받으며 추락했던 왕권은 다시 선조에게 돌아오기 시작했다.

두 당은 선조의 어심을 얻기 위해 경쟁했다.

그리고 그 만큼 선조의 왕권은 더 강력해졌다.

여기까지는 더할 나위 없이 좋았다.

무너졌던 삼정은 어느 정도 정상궤도에 올랐다. 또, 신하들은 더 이상 임금을 함부로 대하지 않으며 좋은 정책들을 다투어 제안했다.

한데 위기는 안이 아니라, 밖에서 찾아왔다.

바로 왜국을 통일한 풍신수길, 그 빌어먹을 놈이 문제였다.

선조는 전라도와 경상도관찰사에게 왜란을 막을 준비를 명하는 한편, 이순신 등을 파격 발탁해 왜군이 상륙할 해안가를 방비했다.

한데 왜군의 침략은 명종 대의 삼포왜란 수준이 아니었다.

그야말로 전면전이어서 17만 명의 대군을 부산에 상륙시켰다.

그 후에는 고난과 모욕의 순간들이 이어져 떠올리기조차 싫었다.

선조는 지금까지의 삶을 천천히 반추한 연후에 방 창문을 열었다.

신선한 공기가 방 안의 퀴퀴함을 청량하게 바꾸어주었다.

창문 밖으로 월산대군저택의 고즈넉한 정경이 보였다.

고개를 들자 보름달이 보였다.

새파란 달빛이 얼굴을 부드럽게 만져주니 기분이 좋아졌다.

창문을 닫은 선조는 자리에 앉아 손을 옆으로 뻗었다.

책상 위에서 마지막 불꽃을 쏟아내던 촛불이 이부자리로 떨어졌다.

화르륵!

촛불은 금세 금침을 시작으로 온 방안을 태우기 시작했다.

"전하!"

멀리서 방문을 여는 소리와 그를 부르는 윤내관의 목소리가 들렸다.

그러나 금침을 태운 불길은 이내 선조의 몸으로 옮겨 붙었다.

그게 끝이었다.

조선의 14대 임금 선조는 1594년 가을, 불을 질러 목숨을 끊었다.

냉혹한 불길은 금세 월산대군저의 사랑채를 뒤덮었다.

내관과 궁녀들이 물과 흙을 끼얹어보았지만 소용이 없었다.

불은 마지막 기와까지 전부 태운 후에야 천천히 생명력을 다해갔다.

다음 날 오후, 이산해와 홍여순, 정철 등은 국새를 바쳐들고 왕십리에 진채를 내린 이혼을 방문했다. 윤두수형제가 잡히고 선조가 죽은 마당에 이혼을 제어할 인물은 조선 팔도에 아무도 없었다.

왕실의 유일한 어른인 중전은 지금 함경도에 피난 중이었다.

또, 임해군과 정원군, 순화군 등은 화를 피해 도망친 지 오래였다.

이혼은 국새가 온다는 말에 신하들과 진채 밖으로 나가 기다렸다.

얼마 기다리지 않아 관복을 입은 관원 수십 명이 모습을 드러냈다.

국새를 든 이산해가 앞장서서 걸어왔다.

이산해 뒤에는 정철과 홍여순 등의 얼굴도 잠시 보였다.

도성 밖으로 도망치지 않은 대신들은 전부 온 모양이었다.

이혼을 본 대신들의 걸음이 점점 빨라졌다.

이윽고 이혼 앞에 도착한 대신들은 일제히 바닥에 털썩 엎드렸다.

선두에 서있던 이산해가 앞으로 나와 바닥에 엎드렸다.

"세자저하, 국새를 받아주시옵소서!"

소리친 이산해가 국새가 들어있는 함을 높이 받쳐 올렸다.

이에 부복한 다른 신하들 역시 같이 따라 외쳤다.

"국새를 부디 받아주시옵소서!"

이혼이 대답하지 않자 이산해가 다시 외쳤다.

"승하하신 주상전하의 유지이옵니다! 부디 국새를 받아주시옵소서!"

굳게 닫혀있던 이혼의 입이 그제야 열렸다.

"주상전하께서 승하하셨소?"

이혼의 질문에 이산해가 통곡하며 대답했다.

"그렇사옵니다, 저하. 어젯밤 월산대군저에 있는 사랑채에서 불이 나 침소에 계시던 주상전하께서 화재로 인해 승하하셨사옵니다!"

이산해의 말이 끝나기 무섭게 여기저기서 통곡하는 소리가 들렸다.

임금이 승하한 것이다.

국상(國喪)이다.

이혼은 담담한 음성으로 물었다.

"불은 어떻게 난 것이오?"

"실화(失火)로 보이옵니다."

"으음."

탄식을 토한 이혼은 철릭 자락을 옆으로 벌렸다.

그런 다음, 도성을 향해 두 번 절을 올렸다.

도성을 향해 절을 올리는 이혼의 모습이 경건하기 짝이 없어 지켜보는 이들은 숨조차 제대로 쉬지 못한 채 그 모습을 주시하였다.

절을 마친 이혼은 고개를 끄덕였다.

그 즉시, 정탁이 다가와 이산해의 손에서 함을 받아들였다.

그리곤 미리 펴놓은 돗자리 위에 함을 조심스레 내려놓았다.

이혼은 신발을 벗고 돗자리 위에 올라가 함에 다시 절을 올렸다.

절을 마친 이혼은 함을 열었다.

금과 옥으로 세공한 조선의 국새가 가을 햇볕아래 모습을 드러냈다.

이혼은 당연히 태어나서 처음 보는 옥새였다.

옥새를 들어 열성조에게 고한 이혼은 예법에 따라 축문을 낭독했다.

국가의 안녕과 왕실의 번영을 기원하는 축문이었다.

이렇게 해서 국새를 인수하는 절차는 모두 끝났다.

이혼은 국새를 함에 담아 옆에 잇는 정탁에게 주었다.

국새를 받았으니 이제부터 조선의 임금은 이혼 그였다.

이혼은 일어나서 눈을 감았다.

가을 햇살이 이혼의 몸을 부드럽게 휘감았다.

눈을 뜬 이혼은 고개를 들어 주위를 보았다.

모든 사람이 그의 주위에 부복해있었다.

이산해처럼 도성에서 나온 관원도, 유성룡과 정탁처럼 이혼을 따르던 대신도, 심지어 수비하던 1연대 병사들마저 모두 부복해있었다.

그제야 이혼은 자신이 임금이라는 사실을 절감했다.

만인지상(萬人之上)의 자리.

그가 허락하지 않으면 장내의 어떤 사람도 일어나지 못한다.

뿌듯함과 함께 이유를 알 수 없는 부담감이 어깨를 짓눌렀다.

군왕에게는 왕관의 무게를 견딜 수 있는 의지가 필요했다.

그가 임금의 자리를 원한 것은 부정하지 못하는 사실이었다.

선조의 견제를 받으며 왜군과 상대하는 일이 너무 힘들어 차라리 이럴 바에는 임금의 자리에 오르는 게 더 낫겠다는 생각을 하였다.

한데 그 꿈을 이루어 실제로 임금의 자리에 올랐다.

임금이 되면 기쁠 줄 알았는데 막상 임금의 자리에 오르
니 부담스러운 일 천지다. 조선의 인구가 현재 정확히 얼
마인지는 모르지만 거의 천만에 육박하는 백성을 그가 먹
여살려야하는 것이다.

그러나 어차피 그가 원한 일.

그 부담도 즐겨야한다.

부담을 즐기지 못할 거라면 처음부터 원하지도 않았다.

이혼은 손을 들었다.

"모두 일어나시오!"

대신들은 그제야 자리에서 일어나 공손한 자세로 시립
했다.

그들이 엎드릴 때 이혼은 세자였으나 그들이 일어날 때
는 군왕이었다. 세자와 군왕의 차이는 한 끝처럼 보이지만
그 한 끝이 전부인 때도 있었다. 이제부터는 그에 관한 모
든 게 달라질 것이다.

이혼은 담담한 목소리로 첫 교지를 내렸다.

"왕실을 통합하는 과정에서 불미스러운 일이 있었다는
사실을 부정하지는 않겠소. 다만, 이렇게 통합을 마쳤으니
통합과정에서 있었던 불미스러운 일들은 모두 물에 흘려
보낼 생각이오. 과인이 먼저 모범을 모일 테니 여러분들도

과인의 뜻에 따라주시오."

"성은이 망극하옵니다!"

"우선은 승하하신 주상전하의 국상이 먼저이니 이산해, 유성룡 두 대신이 이를 주관해 처리하도록 하시오. 또, 이덕형은 함경도에 계시는 중전마마와 세자빈을 도성으로 빨리 모셔오도록 하시오."

"예, 전하!"

호명을 받은 대신들이 고개를 숙이며 공손히 대답했다.

이산해와 유성룡, 이덕형 등이 도성으로 먼저 출발해 이혼을 맞을 준비를 하는 동안, 이혼은 왕십리에 내린 진채를 천천히 거뒀다.

왕십리를 떠나기 직전, 이혼은 정탁과 상의해 근위사단을 재배치했다. 이혼과 함께 도성에 입성할 부대는 1연대와 기병연대 두 개 부대로 정해졌다. 또, 나머지 부대 중 2연대는 이곳 왕십리에, 3연대는 도성 서쪽 홍제원에, 5연대는 도성 남쪽 용산에, 유격연대와 항왜연대는 도성 북쪽 북악산에 각각 주둔하기로 결정했다.

도성 외곽을 근위사단 부대로 둘러 혹시 있을지 모르는 변란에 대비하는 한편, 폭동이 일어난 도성 내의 치안은 1연대를 통해 정비할 계획이었으며 이혼이 머물 행궁 주위는 기병연대가 맡았다.

치밀한 계획을 세워 도성 환궁을 준비한 이혼은 준비가

끝났다는 유성룡의 전갈을 받은 즉시, 정말수가 가져온 흑룡 위에 올랐다.

전에는 움직이기 편한 검은색 철릭을 주로 입었지만 국상 중인지라, 급히 제작한 상복으로 갈아입은 다음, 도성으로 말을 몰았다.

도성으로 가는 동안, 연도에 나와 기다리던 백성들이 절을 올리며 임금의 자격으로 환궁하는 이혼에게 감사와 축하의 말을 전했다.

도성으로 갈수록 연도에 나온 백성의 숫자가 점점 늘었다.

이혼은 허리를 쭉 편 채 당당한 모습으로 도성으로 말을 몰았다.

그 옆을 문관들과 익위사의 범과 같은 장수들이 호위하니 그야말로 위용이 대단해 세자를 처음 본 백성들은 감탄을 금치 못했다.

이혼은 동대문, 즉 흥인지문 앞에 서서 잠시 멈춰 섰다.

흥인지문은 도성에 있는 여덟 개의 성문 중 동쪽에 있는 문이었다.

정면 다섯 칸, 측면 두 칸에 이르는 거대한 성문을 잠시 바라본 이혼은 말을 몰아 성 안으로 들어갔다. 먼저 출발한 1연대가 행궁으로 가는 길을 정비하여 이혼은 방해 없이 곧장 궁으로 직행했다.

폭동이 끝났는지 도성에서 올라오던 연기는 더 이상 보이지 않았다.

이혼은 행궁으로 가며 주위를 둘러보았다.

그래도 도성을 수복했을 때 보았던 몇 년 전 모습보다는 나았다.

그때는 도시 전체가 굶주림을 겪어 참상이 말이 아니었는데 지금은 왜군이 남긴 군량을 보급한 덕분에 살림이 많이 나아져있었다.

길을 안내하던 관원 하나가 북촌방향으로 행렬을 이끌었다.

"이쪽으로!"

선조가 목숨을 끊은 월산대군저는 불길한데다 사랑채에 화재마저 발생해 행궁으로 쓰기엔 좋지 않은 관계로 다른 저택을 골랐다.

북촌에 있는 여러 저택 중에서 왕족이 사용하던 저택을 새로운 행궁으로 정한 이혼은 그 날 밤을 그 저택의 사랑채에서 보냈다.

다음 날, 제대로 잠을 이루지 못한 이혼은 새벽 일찍 일어나서 국상준비를 살폈다. 유성룡과 이산해 두 명이 주관하던 국상준비는 최대한 천천히 이루어졌다. 함경도에 있는 새로운 대비와 새로운 중전이 도성에 도착한 다음에 발인(發靷)하기 위해서였다.

어수선한 분위기 속에서 국상이 거의 끝나 발인을 앞두
었을 때 서둘러 환도한 대비가 도성에 도착해 선조의 마지
막을 배웅했다.

이혼은 통곡하는 대비의 모습을 보며 이덕형에게 물었다.

"중전은 왜 같이 오지 않았소?"

이덕형은 눈물을 쏟으며 대답했다.

"송구하오나……."

"괜찮으니 말해보시오."

"피난 중에 중병에 걸리시어 신이 도착했을 때는 이
미……."

"아!"

짧은 비명을 지른 이혼은 쉴 틈 없이 두 번째 장례를 치
렀다.

연달아 생긴 국상을 모두 치렀을 때는 계절이 겨울로 바
뀌어 있었다.

그래도 겨울이 오기 전에 복잡한 일이 끝나 다행이었다.

이혼은 대비를 근처에 있는 깨끗한 저택에 모신 다음,
아침저녁으로 매일 문안을 드리며 혹시 대비가 가질지 모
르는 불안감을 해소하는데 노력했다. 우선 왕실이 평안해
야 다른 일이 가능했다.

그 다음에는 조정의 개편에 들어갔다.

조정은 지금 세자시절부터 그를 따르던 대신들과 그의

즉위를 반대하던 대신들이 뒤섞여 알게 모르게 암투를 벌여오는 중이었다.

당연히 주도권은 이혼을 지지하던 남인이 잡았는데 다행인 점은 남인의 성격이 과격하지 않아 서인과 북인을 포용한 것이었다.

이혼이 정탁, 유성룡, 이원익, 김성일 등과 상의해 만든 새로운 조정 역시 그런 남인의 유한 성격이 많이 반영되어 있는 편이었다.

이혼은 우선 백관의 영수 영의정에 유성룡을 임명했다. 또, 영의정을 보좌할 좌의정에는 이산해, 우의정에는 정철을 각각 앉혔다.

이산해는 북인, 정철은 서인의 영수였으니 행정의 효율성을 따지기 보다는 정치적인 고려가 들어가 있는 인사라 보는 게 더 맞았다.

이어 이조판서에 이원익, 호조판서에 이항복, 예조판서에 이수광(李?光), 병조판서에 정탁, 형조판서에 기자헌(奇自獻), 공조판서에 김우옹(金宇?)을 임명했으며 도승지에는 이덕형을 임명했다.

김성일은 왜군의 재침략이 우려되는 경상도의 관찰사를 자원해 부임했으며 분조군을 공격한 윤두수형제는 제주도로 귀양을 떠났다.

겨울에는 대청에서 조회를 열 방법이 없어 하는 수 없이 비좁은 사랑채에서 조회를 열었는데 두 줄로 앉아야할 만큼 협소하였다.

우의정 정철이 이혼에게 권했다.

"날이 풀리면 대궐을 먼저 보수하시옵소서."

이혼은 고개를 저었다.

"지금은 민생안정이 더 중요하오. 좋은 방법이 없겠소?"

호조판서 이항복이 대답했다.

"백성들의 부담을 가중시키는 공납(貢納)을 먼저 손을 보시옵소서."

"어떻게 말이오?"

"백성들이 복구를 마칠 때까지 기한을 연장하는 게 어떻겠사옵니까?"

이혼은 단호한 표정으로 고개를 저었다.

"공납제는 지방관원과 중간상인만 배부르게 하는 악법(惡法)이오."

유성룡이 조금 당황한 표정으로 물었다.

"하오시면?"

"공납제를 폐하시오!"

대신들은 놀라 수군거렸다.

잠시 후, 좌의정 이산해가 놀란 대신들을 대표해 물었다.

"왕실과 왕실제례에 사용하는 많은 물품들을 공납에서 충당하고 있사옵니다. 한데 공납을 폐하면 어디서 물건들을 충당하옵니까?"

"줄일 수 있는 것은 줄이시오. 그리고 꼭 필요하다면 시전에 나가 돈을 주고 구입하도록 하시오. 부산포에서 가져온 재화가 남아있으니 허리띠를 졸라매면 몇 달은 충분히 버틸 수 있을 것이오."

이혼의 설명에도 대신들은 만족 못하는 눈치였다.

조세의 근간에 해당하는 조용조(租庸調) 중 조(調)를 폐지하겠다는 말은 국가를 운영할 생각이 없다는 뜻으로 비춰지는 것이다.

이혼은 이어 명을 내렸다.

"공납을 폐하면 각 관청에서 필요로 하는 물건을 알아서 조달해야하니 지출이 더 늘어날 것이오. 세수는 한정되어 있는 상황에서 지출만 늘어난다면 당연히 나라는 적자를 면치 못하게 되오. 이를 해결하려면 한 가지 방법 밖에 없소. 세수를 늘리는 것이오."

우의정 정철이 물었다.

"왜란동안 고초를 겪은 백성에게 세금을 더 거두자는 말씀이옵니까?"

이혼은 고개를 돌려 정철을 보았다.

"세수를 늘리는 방법은 두 가지일 것이오. 영상은 무언지 아시겠소?"

유성룡은 고개를 끄덕였다.

"예, 전하. 하나는 방금 우상대감이 말한 거처럼 기존의 백성들에게 세금을 더 징수하는 것이옵니다. 그리고 다른 하나는 세금을 내는 백성들의 숫자를 늘리는 방법이옵니다. 신의 소견으로는 전하께서 말씀하신 방법은 그 중 후자가 아닐까 생각하옵니다."

이혼은 흡족한 표정을 지었다.

"역시 영상이오. 맞소. 과인이 말한 방법은 그 중 후자요. 세금을 내는 백성의 숫자를 늘리면 세금은 전보나 늘어나게 될 것이오."

좌의정 이산해가 힐난하듯 물었다.

"어떻게 늘이실 생각이옵니까?"

"전란 중에 버려진 땅이나, 개간을 포기해버린 농토들이 많을 것이오. 또, 조정이나, 왕실, 왕족들이 소유한 토지들이 팔도에 산재해있을 것이니 이를 땅이 없는 백성들에게 나누어주도록 하시오."

이혼의 말에 충격을 받은 듯 다들 입을 다물지 못했다.

다만, 유성룡과 정탁 등 이혼을 오래 보필한 대신들만 어느 정도 눈치를 채서 놀라지 않았을 뿐, 다들 전혀 짐작하지 못한 듯했다.

이혼은 자기 말을 바로 실행했다.

팔도에 관원을 보내 놀고 있는 땅이나, 개간을 포기한 땅, 그리고 조정과 왕실, 왕족들이 보유한 땅을 백성들에게 나누어주었다.

이혼은 한 발 더 나아갔다.

"왕실이 먼저 모범을 보였으니 이젠 당신들이 모범을 보일 차례요."

이혼은 관원들의 재산을 조사해 선산을 제외한 모든 땅을 국고에 환수했다. 그리고 지방에 있는 지주와 토호들의 땅도 몰수했다.

유성룡이 충고했다.

"이런 식의 급진적인 개혁은 반발을 불러올 것이옵니다."

"그럴 것이오. 그러나 고통분담을 위해선 어쩔 수 없는 선택이오."

유성룡은 무언가를 깨달은 듯 놀란 표정을 지었다.

"설마 전하께서는?"

"영상은 무너진 행정을 복구하는데 최선을 다해주시오."

축객령을 받은 유성룡은 행궁을 나오며 하늘을 보았다.

검은 하늘이 금방이라도 눈을 쏟아낼 것 같았다.

며칠 후, 이혼이 파견한 관원들이 지방에 도착하기 무섭게 반란의 불길이 들불처럼 일어났다. 자기 것을 빼앗아가겠다는데 그냥 있을 사람이 없었다. 지방에 있는 토호와 지주들은 힘을 합쳐 반란군을 조직했다. 그리고 도망친 왕자들을 왕으로 추대하였다.

전라도는 정원군을, 경상도는 순화군을, 황해도, 함경도, 평안도 세 지역은 임해군을 왕으로 추대해 관청을 습격하고 성을 점령했다.

반란의 불길이 거세 조선은 다시 풍전등화의 위기에 처한 듯 보였다.

이혼은 기다렸다는 듯 토벌군을 편성해 파견했다.

먼저 전라도에 근위사단 2연대를 보내 전라사단과 함께 반란군을 진압하게 했으며 경상도에는 3연대를 보내 경상사단과 함께 경주를 점령한 반란군을 격파한 다음, 그 수뇌들을 잡아오게 하였다.

마지막으로 반란군의 기세가 가장 강한 한강 이북지역에는 도원수 권율과 함께 근위사단 5연대와 항왜연대 등을 직접 파견했다.

가장 먼저 도성을 떠난 2연대가 토벌군 중 가장 먼저 상대를 찾았다.

전주성을 점령한 반란군은 금산, 논산, 김제 등을 연달아 점령했다.

전주는 전라사단 3연대가 방어하는 지역이었으나 전라사단 3연대 자체가 전라도 장정들로 구성되어 있는 만큼, 방어에 나서기보다는 오히려 반란군에 가담하는 경우가 더 많아 애로사항이 많았다.

근위사단 2연대장 조경은 논산에서 반란군 3천과 대치했다.

전라도의 반란군이 총 6천이었으니 반이 넘는 숫자였다.

조경은 높은 지대에 올라가 반란군이 있는 평지를 내려다보았다.

"흐음."

조경은 고개를 절레절레 저었다.

2연대는 2천명이었지만 반란군 3천이 아니라, 3만도 자신이 있었다.

더욱이 상대가 병법의 병자도 모르는데다, 대부분 지주나, 토호가 동원한 소작농과 노비여서 애초에 상대가 되지 않는 싸움이었다.

죽창에 낫 등을 든 채 진형이랄 것도 없이 그저 흩어지지만 않도록 한곳에 옹기종기 모여 있는 반란군을 보며 조경은 명을 내렸다.

"중앙을 돌파한다! 그럼 알아서 흩어질 것이다! 그리고 절대 추격하지 마라! 우리는 반란군을 흩어버리러 온 거지, 학살하러 온 게 아니다! 명을 어기는 놈은 군율에 따라 그 자리에서 참하겠다!"

"옛!"

병사들의 대답소리가 우렁차게 울려 퍼졌다.

2연대는 임진왜란 초기부터 이혼과 함께 대소 수십 번

의 전투를 거친 그야말로 정예 중의 정예부대였다. 그리고 병사들은 대부분 3년 이상 복무해 경험이 쌓일 대로 쌓여 있는 병사들이었다.

그런 2연대에게 반란군은 애송이로 보이는 게 당연했다.

그래도 조경은 신중한 편이었다.

황진이나, 국경인이었으면 벌써 돌격했을 테지만 그는 달랐다.

어쩌면 이혼의 영향을 가장 많이 받은 사람이 조경일 수 있어서 먼저 정찰을 통해 이 주위에 매복이 있는지부터 먼저 살펴보았다.

다행히 매복은 없었다.

마음을 놓은 조경은 용아를 든 1대대를 내려 보냈다.

이천읍성 전투에서 그 모습을 처음 드러낸 신형 제식화기 용아는 그 동안 생산량을 꾸준히 늘려가 현재는 각 연대 중 한 개 대대를 이 용아로 무장시켜 토벌작전의 선봉으로 투입하는 중이었다.

용아는 후장식 선조총으로 활보다 유효사거리가 길었다.

"와아아!"

"조정의 개들이 왔다! 쳐라!"

2연대를 본 반란군은 그 즉시 화살을 쏘며 돌격해왔다.

조경도 지지 않고 명했다.

"쏴라!"

명을 내리기 무섭게 용아 500정이 동시에 불을 뿜었다.

총성이 연달아 울리니 달려오던 반란군 전열이 붕괴되었다.

반란군 중에는 임진왜란에 참가한 병력도 있었지만 이런 위력은 그들도 처음 겪어보는 거여서 손에 쥔 무기를 놓칠 지경이었다.

한 번이면 족했다.

한 번의 공격에 수십 명의 반란군이 나자빠지는 모습을 본 반란군은 사방으로 흩어지기 시작했다. 강제로 동원한 병사들이이니 군율이랄 게 없어 한 명이 도망치기 시작하면 금세 전염되었다.

다 도망친 후에 남은 것은 수뇌부 100여 명이었다.

그들은 대부분 전라도에 터를 잡은 지주나, 토호들이었다.

조경은 냉정한 음성으로 소리쳤다.

"죽폭을 던진 후 돌입해서 쓸어버려라! 포로는 필요 없다!"

"예!"

곧 2연대가 달려가며 죽폭에 불을 붙여 던졌다.

펑펑펑!

죽폭이 터지는 모습을 처음 본 반란군 수뇌들은 우왕좌왕하다가 뒤이어 돌입한 2대대 병사들의 칼과 창에 찔려

바닥을 뒹굴었다.

전투는 개시부터 끝나는 순간까지 채 한 시간을 넘지 않았다.

말 그대로 압도적이었다.

조경은 바로 반란군 수뇌가 있는 전주성으로 쳐들어가 함락시켰다.

그리고 저항하는 수뇌는 그 자리에서 참했으며 항복한 수뇌는 도성으로 압송했다. 또, 도망친 수뇌는 추격부대를 보내 추격하였다.

추격부대 중 하나가 해남으로 도망친 정원군을 잡아 도성에 압송했다. 그러나 정원군은 압송하던 중 병을 얻어 도중에 사망했다.

어쨌든 정원군의 죽음을 끝으로 전라도는 다시 안정을 되찾았다.

이혼은 2연대를 전라도에 계속 남겨 추후에 일어날지 모르는 반란의 여지를 완전히 제거하게 했으며 조정에서 파견한 관원을 호위해 지주와 토호, 그리고 관원들의 땅을 몰수하는 일을 돕게 했다.

몰수한 농지는 계측을 거친 다음, 바로 농부들에게 나누어주었다.

이 작업에는 관원들과 근처 사찰의 승려 등 수천 명이 동원되었다.

승려 역시 공부를 한 식자층이어서 큰 도움을 받았다.

1594년에는 세금을 내는 백성의 수가 100이었다면 그 다음해에는 다섯 배로 늘어 500명의 백성이 세금을 내는 상황이 벌어졌다.

순조로운 전라도와 달리 경상도는 처음부터 애를 먹었다.

경상도는 왜군이 오랫동안 점령한 지역이어서 그 만큼 많은 피해를 입어 조정의 이번 조치를 반대하는 지주나, 토호들이 많았다.

지주나, 토호들의 의견에도 일리가 있었다.

의병을 조직하기 위해 엄청난 재산을 헌납한 마당에 다시 재산몰수조치를 내리니 나라가 자신들의 공을 몰라준다고 생각한 것이다.

또, 의병활동이 가장 활발한 데여서 토벌을 위해 내려온 3연대를 가끔 위험한 지경까지 몰아넣을 만큼, 전투에 아주 익숙하였다.

가장 큰 문제는 중립을 유지하는 전라사단장 곽재우였다.

곽재우 본인이 조상 대대로 내려온 재산을 처분해 가장 먼저 의병을 조직했고 또 군량이나, 무기가 필요할 때마다 경상도 유지들에게 도움을 받은지라, 그들에게 칼 부리를 겨눌 수 없다는 거였다.

3연대장 정문부는 봄까지 지루한 전투를 계속하다가 도

성에서 내려온 포병의 화차부대와 소룡포부대의 지원을 받아 승기를 잡았다.

반란군은 순화군과 함께 경주성에 들어가 최후의 저항을 하였다.

"공성하면 우리도 피해가 커진다! 포병을 불러라!"

"예!"

정문부의 부름에 곧 포병연대 5대대장이 도착했다.

"부르셨습니까?"

"시간을 얼마나 주면 경주성의 성벽을 무너트릴 수 있겠소?"

"하루만 주십시오. 그럼 내일은 경주성의 안을 보실 수 있을 겁니다."

"좋소. 부탁 좀 합시다."

"예, 장군."

씩씩하게 대답한 포병연대 5대대장은 바로 소룡포 10문을 배치했다.

"방포하라!"

명이 떨어지는 순간, 용란 10발이 경주성 서문을 향해 날아들었다.

4장. 왕권(王權)의 강화

4장. 왕권(王權)의 강화

쾅쾅쾅!

폭음과 함께 서문이 통째로 뜯겨 날아갔다.

내일까지 기다릴 필요조차 없었다.

소룡포 10문이 서른 발의 용란을 성문에 쏟아 부었을 무렵.

우르르쾅쾅!

경주성 서문은 홍예문마저 주저앉으며 석축이 밖으로 튀어나왔다.

정문부는 날아오는 먼지를 손부채로 밀어내며 고민했다.

뻥 뚫린 서문으로 돌격하면 오늘 안에 전투가 끝날 가능성이 높았다.

그렇다고 군대를 안으로 들여보내자니 백성과 반란군을 구분하기 어려워 죄 없는 백성이 희생당할 가능성을 간과하기가 어려웠다.

기다려야할지, 아니면 기세가 올랐을 때 돌격해야 할지를 두고 고민 중에 있을 때, 부서진 서문 석축 위에 하얀 깃발이 올라왔다.

정문부는 공격을 준비하던 전 군에 급히 새로운 명을 내렸다.

"기다려라!"

정문부의 결정은 현명했다.

석축이 무너지며 생긴 먼지가 가라앉기 무섭게 백성 수십 명이 몇 명을 포박해 정문부 앞에 데려왔다. 정문부가 무슨 일인지 알아보니 경주 백성들이 순화군과 반란군 수뇌를 잡아온 게 아닌가.

정문부는 백성의 대표로 보이는 노인을 불러 물었다.

"이게 대체 무슨 일이오?"

엎드린 노인은 정문부가 두려운지 머리가 바닥에 닿을 지경이었다.

"경, 경주성 백성들은 모두 주, 주상전하의 편이옵니다."

"그래서 하고 싶은 말이 무엇이오?"

"저희들은 반란군이 무기로 위협을 하는 바람에 반란군의 명을 따른 것이옵니다. 부디 이러한 사정을 참작하여

선처해주시옵소서."

정문부는 고개를 끄덕이며 물었다.

"순화군은 어떻게 잡았소?"

"서문이 부서지는 모습을 보고 우왕좌왕하던 것을 단매에 때려잡았사온데 저희들은 경주성이 반란군과 관계없다는 사실을 주상전하께서 알아주셨으면 하는 거 외엔 다른 뜻은 결코 없사옵니다."

"알았소. 내 노인장의 말을 주상전하께 전해드리리다."

정문부는 경주성 안에 숨어있는 반란군을 수색해 처형하는 한편, 경주성의 백성을 위무해 그들이 걱정하지 않도록 만들어주었다.

경상도를 평정한 정문부는 순화군과 그를 따르던 반란군 수뇌를 도성으로 압송해 이혼에게 그 처리를 맡겼다. 그리고 정문부 자신은 경상도에 한동안 머물며 재산몰수와 토지분배를 감독하였다.

대부분의 백성들은 이혼의 개혁을 두 팔 벌려 환영했다.

평생 자기 땅 한 번 제대로 가져보지 못한 빈농과 남의 땅에 농사를 지으며 높은 소작료와 고리에 허덕이던 소작농이 모두 자신의 이름으로 된 땅을 얻어 벌써부터 농사를 지을 준비에 들어갔다.

전라도에 이어 경상도마저 반란이 잦아들어 다시 평화가 찾아왔다.

이 두 지역은 조선의 곡창에 해당해 한시름 놓은 셈이었다.

이혼은 경주성에서 분노한 백성들에게 잡혀 도성으로 압송당해 올라오던 순화군을 도성 외곽에 있는 처형장으로 바로 보내버렸다.

참수를 명하는 교지도 그 날 바로 작성했다.

다음날, 예정대로 순화군을 참수한 다음, 그 수급을 성문에 걸었다.

이는 남은 반란군과 왕실 방계혈족에 대한 경고였다.

이번 처형에는 반란군의 부추김을 받아 반란에 가담하는 날에는 설사 왕실의 일원일지라도 용서치 않는다는 의지가 담겨있었다.

이혼은 이어 북쪽으로 올라간 권율에게 반란진압을 재촉했다.

씨를 뿌리기 전에 반란을 진압해야 가을에 추수를 기대할 수 있었다.

이혼의 재촉을 받은 권율은 항왜연대를 앞세워 반란군을 함경도 경흥으로 몰아붙였다. 웅태가 지휘하는 항왜연대는 왜란 말기에 그 수가 3천명에 이르렀으며 전투력은 가히 전군 최강이었다.

출신이야 어찌되었든 이혼을 따라 여러 전투에서 활약하며 이혼의 신임을 누구보다 받는 부대가 바로 이 항왜연대였던 것 이다.

항왜연대의 장점은 개개인의 전투력이 뛰어나다는 점 외에도 두려움을 모른다는 점 역시 장점으로 작용했다. 항왜연대는 아무리 불리한 전투에서도 쉽게 물러서지 않아 반격할 기회를 만들었다.

권율은 항왜연대를 앞세워 북쪽반란군을 경흥에 몰아넣는데 성공했다. 그리고 지친 항왜연대대신에 5연대를 전선에 바로 투입했다.

5연대는 함경도출신 국경인이 연대장으로 있는 부대여서 북쪽반란군의 습성을 누구보다 잘 알아 안정적으로 상대를 몰아붙였다.

도무지 빈틈을 보여주지 않는 국경인의 방어로 인해 들불처럼 일어났던 북쪽반란군의 기세는 양은냄비보다 빠르게 식어버렸다.

위험을 가장 먼저 느끼는 것은 말 못하는 짐승이었다.

그러나 짐승은 도망칠 수 없는지라, 두 번째로 위험을 느끼는 사람이 먼저 도망치기 시작했다. 기세를 올릴 때는 1만을 상회하던 반란군은 시간이 지날수록 빠르게 줄어들어 2, 3천 남짓 남았다.

권율은 기회라는 생각이 들었다.

이혼은 분명 밭에 씨를 파종하기 전에 반란을 진압해라 했으니 지금처럼 방어적으로 상대하다가는 그 기한을 맞출 수가 없었다.

마침 도성에서 내려온 포병연대 본대가 도착했다.

권율은 직접 포병연대장 장산호를 맞이하며 물었다.

"소룡포는 얼마나 가져왔소?"

"30문입니다."

"으음, 그 정도면 충분하겠지."

"충분하고도 남을 것입니다. 경주에서는 10문으로 해치웠으니까요."

권율은 만족한 얼굴로 고개를 끄덕였다.

"좋소. 배치가 끝나는 대로 포병은 성문을 공격해주시오."

"예, 장군."

장산호는 다음 날 아침, 소룡포 30문으로 경흥성포위에 들어갔다.

배치가 끝났을 무렵.

권율으로부터 직접 포격명령이 내려왔다.

"방포하라!"

장산호의 외침에 장전을 마친 소룡포가 용란을 토해내기 시작했다.

몇 년 전 회령에서 첫 선을 보인 소룡포가 장소와 이유는 제각기 다르지만 어쨌든 함경도에서 다시 그 위력을 선보이기 시작했다.

콰콰쾅!

성벽을 두들기니 겁을 먹은 반란군이 즉각 튀어나왔다.

성벽이 용란에 맞아 무너지는 모습을 지켜보면서 성 안에 계속 있다가는 성벽처럼 될 거라는 생각을 했는지 기세가 제법 무서웠다.

그러나 상대는 명장 권율이었다.

이미 이런 상황을 예견한지 오래여서 바로 명을 내렸다.

"용염을 터트려라!"

그 즉시, 설치해둔 용염이 폭발하며 사방으로 쇠구슬을 쏟아냈다.

용염이 만든 쇠구슬의 비에서 용케 살아남은 병사들은 이어서 날아든 죽폭과 용아의 집중사격에 접근조차 못한 채 무너져버렸다.

전투는 싱거웠다.

오히려 공격하는 5연대 병사들이 미안할 지경이었다.

저들은 반란군 이전에 자신들과 같은 조선의 백성이었다.

심지어 형제나, 부자가 양 측에 섞여 있는 경우마저 있었다.

권율이 공격중지 명령을 내렸을 때, 살아있는 반란군은 거의 없었다.

"항복을 권해라!"

"예!"

명을 받은 5연대장 국경인은 단기(單騎)로 경흥성을 향해 내달렸다.

"근위사단 5연대장 국경인이다! 반란군의 수뇌에게 말을 전하러 왔으니 내 말을 듣는 사람은 수뇌에게 전달해라! 몰살당하기 전에 항복해라! 기한은 오늘 오후까지다! 만약, 항복하지 않는다면 시신조차 제대로 알아보지 못할 만큼 끔찍한 최후를 맞게 될 것이다!"

말을 전한 국경인은 다시 진채로 돌아와 기다렸다.

그 날 오후, 소룡포의 포격을 받아 거의 무너져있던 경흥성의 남쪽 성문이 열렸다. 그리고 말에 탄 장수 하나가 모습을 드러냈다.

처음에는 그 장수가 항복을 위해 나온 사자인줄 알았다.

한데 갑자기 고삐를 챈 장수가 5연대를 향해 달려오는 것이 아닌가.

모두 깜짝 놀라 당황할 때 국경인이 버럭 소리를 질렀다.

"뭣들 하느냐! 어서 쏴라!"

국경인의 명이 떨어지기 무섭게 용아로 쏜 탄환이 빗발치듯 날았다.

파파파팟!

수십 발의 탄환이 군마와 장수, 그리고 땅바닥을 벌집으로 만들었다.

철퍼덕 소리를 내며 바닥에 쓰러진 군마를 보고 다들 안심할 찰나.

온 몸에 피 칠을 한 장수가 꿈틀거리며 일어나더니 환도를 뽑았다.

쓰고 있던 투구는 어디로 날아갔는지 산발한 머리에 얼굴에는 먼지가 잔뜩 묻어있었다. 그러나 두 눈은 여전히 강한 빛을 뿌렸다.

"으아아악!"

갑자기 괴성을 지른 장수가 비틀거리며 달려들었다.

"미친 작자군."

국경인이 미간을 찌푸릴 때, 소식을 들은 권율이 급히 건너와 물었다.

"저 자는 누군가?"

"소장도 모르겠습니다."

그 말에 해 가리개를 만들어 살펴보던 권율은 이내 쓴웃음을 지었다.

"임해군이군."

국경인은 소스라치게 놀라며 고개를 돌렸다.

"그럼 당금 주상전하의 형제분이 아닙니까?"

"맞네. 동복형님이시지."

"으음, 어찌해야할까요?"

권율은 타고 온 말에 다시 오르며 대답했다.

"군령(軍令)은 엄격한 법일세. 왕자라고 피해갈 순 없지."

"하오시면?"

"주상전하의 이름에 누가 되지 않도록 장렬한 최후를 맞게 해주게."

"예, 장군!"

군례를 취한 국경인은 손을 들었다가 내렸다.

타타타탕!

그 순간, 엄청난 수의 용아가 동시에 불을 뿜으며 탄환을 쏘아냈다.

수십 발의 탄환이 몸에 박힌 임해군은 무릎을 바닥에 꿇었다.

그러고 나선 하늘을 보다가 피를 왈칵 토하곤 그대로 정신을 잃었다.

국경인은 병사를 보내 생사를 확인하곤 시신을 잘 염해두라 명했다.

어찌되었든 임해군은 이혼의 하나 밖에 없는 동복형제였다.

정원군, 순화군과는 또 다른 것이다.

임해군이 자포자기상태에서 무리한 돌파를 감행해 스스로 목숨을 끊은 후, 경흥성에 남은 소수의 반란군은 토벌군에 항복을 해왔다.

항복을 받아낸 권율은 그 날 저녁 경흥성에 들어가 동요하는 백성들을 진정시키는 한편, 도망친 반란군 수뇌들의 행방을 추적했다.

며칠 후, 각지에서 들어온 정보에 따르면 반란군 수뇌 중 상당수가 강을 넘어 북쪽에 있는 여진족에게 귀순한 것으로 밝혀졌다.

그 소식을 전해들은 이혼은 고개를 저었다.

'지금은 여진족과 다투어선 안 된다. 먼저 남쪽에 있는 적을 정리한 후에 북쪽을 다스려 훗날 있을지 모르는 위험에 대비해야한다.'

마음을 정한 이혼은 권율에게 추격을 포기하도록 하였다.

그리고 소식을 보내는 김에 권율에게 한 가지 임무를 더 부여했다.

그로부터 보름 후, 동쪽 끝에 있는 경흥에서 차례대로 국경을 순시하며 평안도 서쪽 끝에 위치해있는 의주에 도착한 권율은 관원의 안내를 받아 의주 외곽에 있는 버려져 있던 대장간을 찾아냈다.

몇 년 동안 사람의 발길이 없었는지 거의 다 부서져 형체만 간신히 남은 목책의 문을 열고 들어가니 곧 풀숲이 앞을 가로막았다.

"풀을 베어내라!"

"예!"

병사들은 즉시 낫을 가져와 허리까지 자란 풀을 베어내기 시작했다.

얼마쯤 베어가니 덩굴에 덮여있는 커다란 통이 모습을 드러냈다.

쇠로 만든 원통이었는데 주위에 작은 관들이 달라붙어 있었다.

장비는 관리를 하지 않은지 오래되어 곳곳에 녹이 잔뜩 슬어있었다.

"이게 대체 뭔가?"

통을 살펴보던 권율의 질문에 의주에서 나온 관원도 고개를 저었다.

"소인도 뭐에 쓰는 물건인지는 모르옵니다. 그저 몇 년 주상전하께서 의주 행재소에 몇 달간 체류하신 적이 있는데 그때 대장장이들과 이곳에서 이 희한한 물건을 만들었다는 말을 들었습니다."

"그런가? 알겠네. 어쨌든 이걸 도성으로 다시 실어가야겠으니 튼튼한 놈으로 큰 수레 열 대만 가져와주게. 시간이 없으니 서두르게!"

"예, 장군."

관원은 급히 수레를 준비해 가져왔다.

권율은 병사들을 지휘해 원통과 원통에 달려 있던 부속품을 한 개도 빠짐없이 모두 수거해 도성으로 옮기기 시작했다. 부품들이 크고 제법 무거워서 큰 수레 열 대에 작은 수레도 더 필요했다.

  7

권율이 도성으로 올라올 무렵.

북쪽에 남은 5연대장 국경인은 반란의 불씨를 제거하는
한편, 국경을 방어하는 토병들을 위무하며 여진족의 동태
를 면밀히 감시했다.

이혼은 근위사단 연대장들을 모은 자리에서 이렇게 천
명했다.

"남쪽 다음에는 북쪽이오! 지금 여진족이 세력을 규합
해 명과 대항하는 중인데 당장은 계란으로 바위를 치는 거
처럼 보이지만 그 바위가 속이 빈 바위라면 계란으로 바위
를 부술 수도 있는 법이오! 그러니 북쪽에 대한 경계를 지
금부터라도 강화해야 우리가 임진년에 당한 치욕을 되풀
이 하지 않을 수 있소! 명심하시오!"

그 말대로 국경인은 도성으로 돌아가지 않은 채 북쪽에
남아 재산몰수와 토지분배를 감독하며 혹시 있을지 모르
는 여진족의 침입을 경계함과 동시에 국정원과 협력해 내
부사정 파악에 들어갔다.

한편, 그 시각 이혼은 국경인이 보내온 장계를 읽어보는
중이었다.

전란 동안 허준에게 배운 한문이 이제 어느 정도 궤도에
올라 아주 어려운 경서가 아니면 어느 정도 해석이 가능한
수준에 있었다.

"휴우."

이혼은 긴 한숨을 내쉬었다.

자신은 있었지만 어쨌든 이번 반란으로 불안했던 것은 사실이었다.

다행히 전라도, 경상도, 한강이북에서 동시에 발생한 반란을 조속한 시일 내에 마무리 지으며 개혁을 순조롭게 이어가는 중이었다.

평상시였다면 이런 급진적인 개혁은 성공할 수 없었다.

먼저 백관을 설득하는 일부터 실패해 착수조차 힘들었을 것이다.

그러나 이혼은 지금 조선의 역대 군왕 중 누구도 가져보지 못한 절대 권력을 손에 쥔 상태였다. 심지어 무소불위의 권력을 휘두른 것으로 유명한 태종조차 이혼이 지금 가진 권력보다는 약했다.

이혼은 임진왜란을 혼자 극복해냈으며 그 와중에 16세기 군대라고는 믿기지 않을 만큼 엄청난 위력을 자랑하는 군대를 육성했다.

더구나 그 군대는 이혼에게 절대적인 충성을 보였다.

그런 상황이니 이런 말도 안 되는 개혁을 반년 만에 해치운 것이다.

마음이 홀가분해진 이혼은 자정이 지나서야 잠자리에 들었다.

그러나 불과 10분도 되지 않아 눈이 저절로 떠졌다.

반란을 진압했다고 해서 모든 걱정이 사라진 것은 아니
었다.

이혼은 좀처럼 잠이 오질 않았다.

무던한 성격이라 생각했는데 그렇지도 않은 모양이었다.

잠을 이루지 못한 이혼은 처소를 나와 하늘을 보았다.

겨울 동안 그를 괴롭히던 매서운 한풍은 이제 더 이상
불지 않았다.

대신 남녘에서 올라온 따뜻한 봄바람이 몸을 부드럽게
감싸주었다.

이혼은 시선을 돌려 처소 마당에 있는 나무를 보았다.

새싹이 올라오는 모습이 곧 입이 필 것 같았다.

"봄이군. 봄이야."

그가 중얼거리는 말을 들었는지 누군가가 급히 숨는 모
습이 보였다.

"누구지? 익위사인가? 아니지 이젠 금군(禁軍)이라해야
겠지."

익위사는 세자를 호위하는 관청인데 지금은 세자나, 세
손이 없는 관계로 익위사 역시 해체의 길을 걸었다. 그리
고 그 자리에 익위사대신에 이혼을 호위하는 금군청(禁軍
廳)을 새로 조직하였다.

그렇다고 금군청이 새로운 인물들로 채워진 것은 아니
었다.

김덕령은 일선에서 일하고 싶은 마음이 커 육군으로 돌아갔지만 기영도는 남아서 이혼이 세자일 때처럼 그를 호위하는 중이었다.

그쪽으로 발걸음을 옮길 때 기영도가 달려와 군례를 취했다.

"별 일 아니니 이제 그만 침소에 드시옵소서."

"무슨 일인가?"

"궁녀 하나가 침소의 군불을 지피고 나오다가 전하께서 계신 모습을 보고 놀란 모양이옵니다. 별 일 아니니 마음 쓰지 마시옵소서."

"전에도 이런 적이 한 번 있었지. 그 궁녀를 데려오게."

"지금 말이옵니까?"

"누군지 궁금하군."

"곧 대령하겠사옵니다."

기영도는 곧 나가서 궁녀 한 명을 데려왔다.

아직 생각시인 듯 댕기머리를 길게 늘어뜨린 소녀였다.

소녀는 부끄러워서 그런지 얼굴을 제대로 들지 못했다.

이혼은 소녀를 어디서 본 듯하여 급히 물었다.

"전에 나를 본 적이 있느냐?"

"예, 전하……."

"어디서 나를 보았지?"

"몇 년 전 도성에서 뵌 적이 있사옵니다."

이혼은 그제야 그 생각시가 누구인지 떠올랐다.

"혹시 너 미향이가 아니냐?"

생각시는 고개를 살짝 끄덕였다.

"그렇사옵니다……."

"오, 잘 있었구나. 가끔 네 걱정을 하였었다."

미향은 이혼이 도성을 막 수복했을 무렵, 남문 근처에서 만났던 어린 소녀였다. 부모님을 잃은 그녀가 어린 동생과 연도에 나와 구걸하는 모습이 안 되어보여서 자신의 밥 시중을 들게 했었다.

이혼은 생각시의 치마와 저고리를 입은 미향에게 넌지시 물었다.

"그럼 궁녀로 들어온 것이냐?"

"예, 전하."

"으음, 그게 네 입장에선 더 나을 수 있겠구나."

미향은 어린 동생을 건사하기 위해 평범한 삶을 포기한 모양이었다.

잠시 생각하던 이혼은 기영도에게 시선을 돌렸다.

"이 생각시와 긴히 할 이야기가 있다."

"그럼 소장은 잠시 물러가있겠사옵니다."

군례를 올린 기영도는 물러나며 주위에 신호를 보냈다.

그 순간, 처소와 마당에서 호위를 서던 금군들이 같이 모습을 감췄다.

주위를 물린 이혼은 다시 미향을 보았다.

"이젠 부끄러워할 필요 없다. 그만 고개를 들도록 하여라. 네가 그렇게 머리를 계속 숙이고 있으면 대화를 나누기가 힘들지 않느냐?"

"예……."

대답한 미향은 고개를 들었다.

그러나 똑바로 보기는 힘든지 고개를 옆으로 살짝 돌렸다.

"으음."

이혼의 입에서 절로 탄성이 터져 나왔다.

못 본 사이에 미향은 한 명의 여인으로 성장해있었다.

갸름한 턱에 적당히 숱이 있는 눈썹, 그리고 연분홍색으로 빛나는 작은 입술과 버선코처럼 오뚝한 코가 작은 얼굴에 모여 있었다.

무엇보다 또랑또랑한 눈과 고운 살결이 인상적이었다.

눈은 우선 아주 컸는데 눈꼬리가 처져있어 절로 선한 인상을 만들어냈다. 그리고 눈빛이 아주 아련해 보기만 해도 가슴이 떨렸다.

백옥처럼 흰 살결은 매끄러웠으며 윤기가 자르르 흘렀다.

궁에 들어와 잘 먹고 잘 씻다보니 전과 전혀 다른 사람으로 보였다.

이혼이 빤히 바라보는 바람에 미향의 얼굴은 홍시처럼 붉어졌다.

그제야 실태를 깨달은 이혼은 헛기침을 하며 고개를 돌렸다.

"못 본 사이에 아주 아름다워졌구나."

"과, 과찬이시옵니다."

애국가를 부르며 마음을 가라앉힌 이혼이 고개를 돌렸다.

"내 너를 부른 이유는 한 가지 물어볼 게 있어서니라."

"하문하시옵소서."

"네가 그 동안 살면서 가장 고통스러웠던 게 무엇이더냐?"

미향은 고민할 문제가 아니라는 듯 지체 없이 대답했다.

"배고픔이옵니다."

"역시 그렇구나."

고개를 끄덕인 이혼은 손을 저었다.

"가서 쉬도록 하여라. 내가 야밤에 네 시간을 너무 뺏은 듯하구나."

"황송하옵니다."

예법을 배웠는지 뒷걸음질로 물러나던 미향은 이내 처소를 떠났다.

미향이 돌아가는 모습을 본 이혼은 고개를 들어 다시 달을 보았다.

천하만상(天下萬象) 중에서 바뀌지 않는 게 있다면 저 달빛이리라.

언제 어디서든 달은 항상 차가운 빛을 뿌렸다.

한데 지금은 좋아하는 달빛도 눈에 들어오지 않았다.

그보다 큰 문제가 이혼의 머릿속을 헤집어놓았던 것이다.

'미향의 말대로 굶주림이 문제다. 큰 전란 직후에 반란마저 발생했으니 올 한 해는 백성들의 굶주림을 해결하는 데 주력해야한다.'

이혼은 계획했던 행정, 군제, 신분제, 경제개혁을 모두 뒤로 미뤘다.

지금은 피상적인 개혁에 신경 쓸 시기가 아니었다.

우선은 백성이 굶주리지 않는 환경을 만드는 게 중요했다.

'권율이 그걸 가져오는 중일 테니 일단 시작은 한 셈이다. 한데 올해 왜군이 쳐들어온다면 아무 소용없는 일 아닌가. 어떻게 하지?'

이혼은 다음 날 일찍, 국정원장 강문우를 불렀다.

절을 올린 강문우가 방석을 가져와 앉으며 물었다.

"상선에게서 신을 찾으셨다는 말을 들었사옵니다."

"요즘 왜국은 어찌 돌아가는 중이오?"

"여전히 전쟁 준비에 여념이 없사옵니다."

"흠, 야욕을 포기하지 못하는 모양이군."

한숨을 내려 쉰 이혼은 다시 물었다.

"국정원은 왜국의 조선 재침략 시기를 언제로 보는 중이오?"

강문우는 자신감이 넘치는 목소리로 대답했다.

"적어도 올해 장마가 물러가기 전에는 넘어올 것으로 생각하옵니다."

"반년 후라……. 음, 생각보다 너무 빠른데."

"지금부터라도 수군의 증강과 훈련에 집중하는 게 어떻겠사옵니까?"

강문우의 말에 이혼은 웃음을 터트렸다.

"하하, 바다 위에서 수장시키는 게 가장 좋을 거란 말이지?"

강문우는 당황했는지 헛기침을 하며 대답했다.

"신이 주제넘었사옵니다."

"아니오. 과인과 통제사 역시 그런 생각을 한 적이 있소. 그러나 왜국이 수백 척의 전선을 동시에 보낸다면 아무리 상륙날짜나, 상륙하려는 곳의 위치를 미리 안다쳐도 막아내기 어려울 것이오."

찻물로 목을 축인 이혼은 곧장 말을 이어갔다.

"그리고 한 가지 문제가 더 있소."

"그게 무엇이옵니까?"

"우리가 수전에서 이겨 왜군의 선봉을 크게 격파했다고 칩시다. 그러면 왜군이 그 후에 어찌 나올 것 같소. 기탄없이 말해보시오."

생각지 못한 질문을 받았는지 잠시 고민하던 강문우가 이내 답했다.

"더 많은 전선을 보내 상륙을 다시 시도하지 않겠사옵니까?"

"그럴 가능성도 물론 있소."

"......"

"그러나 아예 다른 식으로 나올 가능성 역시 존재한다오."

"어떤 가능성이옵니까?"

"본국으로 후퇴해 다시 기회를 노릴 가능성이오."

"으음."

강문우는 왜군이 후퇴할 거란 생각은 전혀 못했는지 탄식을 토했다.

"그렇게 나오면 왜군의 침략을 계속 걱정해야하는 상황이 오겠군요."

"그렇소. 상당히 피곤한 일이지."

강문우가 눈을 빛내며 물었다.

"복안(腹案)이 있으신 듯한데 신이 감히 여쭈어 봐도 되겠사옵니까?"

"상륙지점을 강제해 우리가 선택한 전장에서 결판을 짓는 것이오."

"아!"

강문우는 감탄한 듯 탄성을 쏟아냈다.

이혼의 말이 다시 이어졌다.

"얼마나 올지는 모르지만 최소 10만이라 가정한다면 이번에는 그 10만을 조선의 영토에서 한 명도 살려 보내지 않을 생각이오. 이미 우위를 드러낸 수군을 이용해 퇴로를 먼저 차단해버린 다음, 육군이 압박하면 내 생각에는 어렵지 않게 승리할 것이오."

"임진란의 17만에 이어 다시 10만의 병력을 소모한다면 왜국은 이제 더 이상 지금과 같은 규모의 상륙전을 하지 못할 것이옵니다."

강문우의 말에 이혼은 책상을 탁 치며 소리쳤다.

"그렇소! 그리고 그때야말로 왜국에 그 죄를 물을 차례인 것이오!"

"그 말씀은?"

이혼은 손을 들었다.

그 이야기는 그만 하라는 뜻이었다.

이혼은 자신이 너무 앞서간다는 생각이 들었던 것이다.

사실 재란(再亂)을 막는다는 계획도 지금은 계획에 불과할 뿐이었다.

앞으로 어찌될지 모르는데 자기 생각을 모두 보여줄 필요는 없었다.

열변을 토하던 이혼은 돌연 한숨을 내쉬었다.

"휴우."

그 모습을 본 강문우가 걱정스런 표정으로 물었다.

"어찌 한숨을 다 쉬시옵니까?"

"왜란이 끝난 지 1년 만에 조선은 다시 반란의 불길에 휩싸였소."

강문우가 의아한 표정으로 다시 물었다.

"반란은 모두 진압하셨지 않사옵니까?"

이혼은 다시 한숨을 쉬었다.

"반란을 진압하기는 했지만 이제 막 원래 생활로 돌아가려던 백성들에게 다시 한 번 커다란 상처를 안겨주었소. 그런 상황에서 재란이 터진다면 백성의 고충은 감히 짐작조차 하기 어려울 것이오."

강문우는 눈치가 빠른 사람이었다.

그렇지 않았다면 국정원장이라는 요직을 얻지 못했을 것이다.

"재란이 터지는 시기를 어떻게든 더 늦춰야한다는 말씀이시옵니까?"

"그렇소. 재란이 일어나기 전에 우리 내부의 역량을 키워야하오. 그래야 재란이 일어나더라도 싸울 수 있는 동력을 얻을 수 있소."

"신을 부르신 이유는 그럼?"

"잘 맞췄소. 국정원에서 이번 일을 맡아주시오."

"알겠사옵니다."

강문우는 국정원에 도착해 고민을 거듭했다.

그러나 아무리 고민 끝에 나온 결론은 언제나 하나였다.

왜국에 직접 들어가서 방법을 찾아야한다는 것이었다.

이혼에게 모든 자원에 대한 사용권을 얻은 강문우는 항
왜연대 연대장 웅태를 찾아가 이번 작전에 대해 상의를 하
였다. 왜국출신인 항왜연대가 아니면 이번 작전을 실행한
사람이 애초에 없었다.

웅태를 만난 강문우가 단도직입적으로 물었다.

"항왜연대가 왜국에서 작전을 하나 해줄 수 있겠소?"

"어떤 작전입니까?"

강문우는 작전의 목적을 설명했다.

묵묵히 듣던 웅태가 거뭇하게 자란 턱수염을 쓰다듬
었다.

예전에는 관례를 올린 다른 왜인들처럼 앞머리를 정수
리까지 밀었다. 그리고 수염 역시 잘 기르지 않았다. 그러
나 지금은 조선의 영향을 받았는지 머리를 길러 상투를 틀
었으며 수염도 깍지 않고 내비 두었다. 이제는 얼핏 조선
사람으로 보일 지경이었다.

웅태가 곧 시원하게 대답했다.

"좋습니다. 저희가 맡지요."

"고맙소."

강문우는 진심으로 고마워하는 표정을 지었다.

웅태가 다시 물었다.

"입국방법은 있습니까?"

"대마도에 있는 우리 사람의 도움을 받기로 했소."

"한데 정확하게 어떤 목표를 노려야하는 겁니까?"

"왜국의 침략을 늦추는 방법은 하나요. 바로 배를 없애는 것이오."

강문우의 말에 웅태가 고개를 끄덕였다.

"그렇군요. 배를 없애면 넘어올 방법이 없을 테니."

"그렇소. 왜국이 가진 전선을 최대한 많이 제거해주시오."

"알겠습니다."

대답한 웅태는 바로 항왜연대에서 가장 뛰어난 인원들을 선발했다.

얼마 후, 웅태는 총 스무 명의 인원에 대한 선발을 마쳤다.

그 중에는 웅태가 신임하는 길전과 삼랑이 끼어있었다.

이런 작전은 은밀함을 요구해 많을수록 불리했다.

인원 선발을 완료한 웅태는 거제도에 위치한 조선소에

먼저 들렀다.

떠나기에 앞서 미리 조선에서 훈련을 해둘 생각이었다.

응태와 길전, 삼랑 등은 수군 조선소를 가상의 목표물로 삼아 잠입하는 훈련에 들어갔다. 조선소를 방어하는 인원을 빠르게 제거한 다음, 전선을 정박한 부두에 잠입하여 불을 지르는 훈련이었다.

훈련을 마친 항왜연대 특수목적부대는 3월 말경, 조선을 떠나 대마도에 잠입했다. 그리고 대마도에서 대마도주와의 연락을 위해 섬 안에 체류 중이던 간자의 도움을 받아 큐슈로 밀항을 시도했다.

큐슈 북단에는 왜국이 조선 침략의 첨병기지로 세운 나고야대본영이 있었다. 이곳에 왜국 각지에서 모은 수십만의 병력과 천여 척에 이르는 선단이 집결해 조선으로 출병할 준비에 여념 없었다.

참담한 실패를 맛본 도요토미 히데요시는 집착이 전보다 심해져 영주들에게 병력과 군량지원을 요청하는 사자들이 각지로 떠났다.

국정원이 모은 정보에 의하면, 이번에는 임진년에 참가하지 않았던 관동의 다테 마사무네나, 우에스기 카게카츠, 가모 우지사토는 물론이거니와 도요토미 히데요시가 신임하는 마에다 도시이에마저 출병할 거라는 소문이 왜국 전역에 파다하게 퍼져있었다.

다만, 도요토미 히데요시 다음으로 석고가 많은 도쿠가와 이에야스만은 이번에도 이런 저런 핑계를 대고 출병에서 빠질 듯하였다.

이는 복합적인 요인으로 보였다.

도쿠가와 이에야스가 조선으로 출병할 경우, 조선 출정군 전체가 도쿠가와 이에야스의 손아귀에 들어가는 셈이었다. 그러면 도쿠가와 이에야스가 칼자루를 거꾸로 잡아 도요토미 히데요시를 노릴 경우, 도요토미 히데요시 역시 안전을 보장받을 수가 없었다.

일종의 왜국판 위화도 회군으로 변질할 가능성이 있었던 것이다.

이처럼 도쿠가와 이에야스를 자기 옆에 붙잡아두고 감시하기 위해 도요토미 히데요시가 보내지 않았다는 설이 있는 반면, 도쿠가와 이에야스가 자기 세력을 보전하기 위해 빠졌다는 설도 있었다.

야음을 틈타 큐슈에 상륙한 특수부대는 그곳에서 미리 기다리던 간자와 합류해 그들이 정해둔 숙소에서 하루, 이틀가량을 묵었다.

특수부대 대원들은 거제도에서 출발하기 직전, 머리와 수염을 다시 밀었다. 그리고 왜인이 입던 옷을 공수해 갈아입었으며 몇 년 동안 입에 밴 조선말을 지우기 위해 철저하게 왜국말만 사용했다.

국정원 소속 간자가 현재 상황을 설명했다.

"왜국은 천여 척의 전선을 새로 건조하거나, 아니면 각 영주에게 할당량을 주어 징발했는데 한 곳에 다 모아놓기에는 부담이 컸는지 큐슈 전역에 있는 여러 항구에 분산 배치해놓은 상태입니다."

웅태가 큐슈지도를 펼치며 물었다.

"전선을 어느 항구에 배치했소?"

"마쓰우라, 나가사키, 구마모토, 하카타, 고쿠라, 벳푸, 사이키입니다."

지도를 보던 길전이 대화에 끼어들었다.

"나고야대본영과 가까운 하카타, 고쿠라 이 두 곳은 위험해보입니다."

"맞다. 네 말대로 이 두 곳은 빼야겠어."

그때, 삼랑이 지도 위로 머리를 들이밀며 물었다.

"그럼 대장은 이 중 어디를 먼저 노리실 생각입니까?"

"구마모토와 나가사키, 마쓰우라를 동시에 친다."

웅태의 대답에 삼랑은 고개를 끄덕였다.

"과연 그렇게 하면 적이 방어할 틈이 없겠군요."

삼랑의 말처럼 항왜연대는 이제 왜국을 고국이 아니라, 적으로 여기고 있었다. 그렇지 않았다면 강문우도 부탁하지 않았을 것이다.

이들이 왜국에 도착해 배신하면 큰일인 것이다.

웅태와 삼랑의 대화를 듣던 길전이 다시 물었다.

"그 후에는 어떻게 하실 생각입니까?"

"큐슈 남쪽으로 내려가 한 바퀴 돈 다음, 반대쪽을 기습하는 거지."

길전은 감탄한 듯 작게 탄성을 내뱉었다.

"적이 큐슈 서쪽해안을 집중 감시할 때 동쪽을 기습하는 것이군요."

"맞다. 어떤가?"

"좋은 작전입니다."

"저도 찬성입니다."

삼랑과 길전은 동시에 고개를 끄덕였다.

작전을 정한 웅태가 마지막으로 당부했다.

"그럼 약속한 대로 일을 마친 후에는 나가사키 서쪽 근방에서 만나자. 물론, 늦게 오면 버리고 갈 테니 알아서들 빨리 움직여라."

"대장님이나 늦지 마십시오."

다음 날, 삼랑이 먼저 출발했다.

그리고 그 다음 날에는 길전이, 마지막에 웅태가 움직였다.

행상처럼 위장한 웅태가 뒤를 돌아보았다.

그를 바라보는 여섯 명의 항왜들이 알게 모르게 고개를 끄덕였다.

모두 각오가 단단한 모습이었다.

웅태는 한숨을 한 번 쉰 다음, 목적지가 있는 마쓰우라로 출발했다.

큐슈 내륙은 경비가 삼엄한 편이었다.

도요토미 히데요시를 비롯한 유력 영주들이 모두 근처에 위치한 나고야대본영에 머무르는지라, 감시와 검문이 곳곳에서 이뤄졌다.

다행히 간자가 발이 넓은지 큰 어려움은 없었다.

코이치라는 이름의 이 간자는 일을 마치면 웅태 등과 조선으로 돌아갈 계획이었다. 성공하든, 실패하든 이미 얼굴이 팔려 더 이상 간자로 지내기에는 위험부담이 컸다. 또, 역공작의 위험이 있었다.

코이치가 조선의 간자라는 사실을 알아낸 왜국이 오히려 코이치에게 조작한 정보를 주어 역으로 공작할 가능성이 있었던 것이다.

사람들의 경계가 본능적으로 느슨해지는 새벽과 저녁 시간을 이용해 이동한 웅태는 마침내 마쓰우라 근처에 도착해 한시름 놓았다.

마쓰우라는 서양과 교역하는 히라도, 나가사키와 가까운 지역이었다.

히라도와 나가사키 두 항구에는 지금도 대항해시대의 개막을 연 에스파냐와 포르투갈의 상선들이 상시 왕래하는

중인데 왜국 철포(鐵砲)의 모태에 해당하는 머스킷 역시 이
과정에서 전래한 것이다.

왜국에서는 에스파냐와 포르투갈 등을 남만(南蠻)이라
불렀다 그래서 이 두 나라와 거래하는 무역 호칭이 남만무
역(南蠻貿易)이었다.

포르투갈 상인들은 명나라에 가서 그들이 생산한 생사
(生絲)나, 비단과 같은 면직물을 산 다음, 왜국에 가져와
팔았다. 또, 포르투갈 본국에서 생산한 총과 화약, 가죽 등
을 가져와 왜국에 팔았다.

오다 노부나가가 철포로 성공한 후 총의 수요가 급격히
는 덕분에 이들 포르투갈 상인들이 파는 총은 없어서 못
팔 지경이었다.

반대로 왜국은 남만국에 은과 도검류, 칠기 등을 팔았다.

이러한 남만무역은 17세기 중반까지 이어지다가 선교
금지령으로 인해 종말을 맞았다. 그러나 에스파냐, 포르투
갈과 달리 선교를 내세우지 않았던 네덜란드는 19세기 무
렵까지 거래를 지속했다.

웅태가 목표로 삼은 마쓰우라는 히라도, 나가사키와 가
까운 지역이어서 통행이 비교적 자유로운 편이었으나 문
제가 한 가지 있었다.

바로 이 마쓰우라가 왜구의 본거지라는 점이었다.

왜국은 전국시대를 거치는 동안, 육군의 힘은 비약적으

로 발전했지만 수군의 힘은 상대적으로 떨어졌다. 왜구는 영주나, 국가가 소유한 수군이 아니라, 해적집단일 뿐이어서 목적이 전혀 달랐다.

그러던 중 점차 수군의 필요성을 절감한 왜국의 영주들은 이러한 왜구집단을 복속시키거나, 계약을 통해 자기 휘하에 끌어들였다.

그런 이유로 임진년의 전쟁에 참가한 왜국 수군은 거의 다 왜구출신이었다. 왜구들은 타향사람에 대한 경계가 심해 웅태 등은 몇 차례의 위기를 겪은 후에야 간신히 목적지에 도착할 수 있었다.

마쓰우라에 사는 어부의 집을 빌려 며칠 묵기로 한 웅태는 새벽을 이용해 정찰에 나섰다. 마쓰우라항에 가까이 접근할수록 왜국 전선의 수가 늘어나 거의 백여 척에 이르렀다. 웅태는 전선의 배치를 종이에 자세히 기록한 다음, 동이 트기 전에 빠져나왔다.

5장. 특수작전(特殊作戰)

5장. 특수작전(特殊作戰)

어부의 집에 도착한 웅태가 기록한 종이를 부하들에게
보여주었다.

"백여 척에 이르는 전선을 일일이 태우는 것은 바보 같
은 짓이다."

"그럼 어떻게 할 생각이십니까?"

부하의 질문을 받은 웅태는 대답 대신, 코이치를 불렀다.

밖에서 어부의 입을 단속 중이던 코이치가 급히 들어
왔다.

"찾으셨습니까?"

"어부에게 내일 이곳의 바람이 어떻게 부는지 알아봐주
게."

"잠시 기다려주십시오. 바로 물어보고 오겠습니다."

코이치는 잠시 후 돌아와 대답했다.

"어부의 말에 의하면 내일은 이곳의 바람이 남동쪽에서 북서쪽으로 불 가능성이 아주 높다고 합니다. 거의 확실하다고 하더군요."

"남동쪽에서 북서쪽이라……."

말을 곱씹던 웅태가 지도의 남동쪽을 가리켰다.

"이곳에 불을 지른 다음, 정해둔 탈출로를 이용해 각자 빠져나간다."

부하가 눈을 빛내며 물었다.

"바람이 우리 일을 대신해주는 겁니까?"

"그렇다."

다른 부하가 물었다.

"집결장소는 어디입니까?"

웅태가 지도 남쪽을 가리켰다.

"집결장소는 남쪽에 있는 이 지점이다. 일행을 놓치기 싫으면 서둘러야할 것이다. 그리고 다들 알겠지만 잡히거나, 잡힐 위기에 처하면 알아서 처신하도록 해라. 고문을 받다가 죽기보다는 알아서 깨끗하게 끝내는 게 본인에게 좋고 다른 사람들도 좋을 것이다."

"다들 각오한 바입니다."

부하의 대답에 웅태는 만족한 미소를 지었다.

낮에는 잠을 잔 웅태일행은 저녁에 일어나 준비를 시작했다.

조선에서 가져온 죽폭다발을 하나씩 나누어가진 일행은 얼굴과 목, 손등에 검은 재를 칠해서 달빛을 반사하지 않도록 위장했다.

모든 준비를 마친 일행은 어부의 집을 나와 각자 움직였다.

여럿이 움직이면 발각당할 가능성이 높았다.

또, 여럿이 움직이다가 발각당하면 임무를 실패할 가능성이 높았다.

웅태는 등에 어부가 사용하는 어망을 짊어진 채 주위를 둘러보았다.

마침 달이 구름에 가려 주위는 칠흑처럼 어두웠다.

웅태는 그 동안 낮에는 자고 밤에 계속 움직여왔던지라, 눈이 어둠에 이미 익숙해져 어렵지 않게 미리 봐둔 지점을 찾을 수 있었다.

꾸벅꾸벅 조는 경계병의 뒤에 몰래 접근한 웅태는 팔뚝을 목에 감은 다음, 힘을 주어 압박했다. 잠시 버둥거리던 경계병은 이내 사지를 축 늘어트렸다. 기절한 경계병을 으슥한 장소에 데려가서 그가 가진 갑옷과 무기로 무장한 웅태는 주위를 둘러보았다.

철썩이는 파도소리 외에는 아주 조용했다.

안심한 웅태는 어망에서 죽폭다발을 꺼냈다. 죽폭 열개를 묶어놓은 폭탄인데 폭발력이 뛰어나 지금과 같은 작전에 무척 유용했다.

웅태는 죽폭다발을 가장 가까운 곳에 있는 세키부네에 설치했다. 그리고 도화선에 불을 붙이기 무섭게 남쪽으로 재빨리 도망쳤다.

세키부네에서 100여 미터를 벗어난 웅태는 급히 나무 뒤에 숨었다.

도화선이 타는 속도를 속으로 계산중이었는데 지금이 바로 터질 시기였다. 웅태의 계산은 정확했다. 나무 뒤에 숨기 무섭게 죽폭다발이 폭발하며 멀리서도 똑똑히 들릴 만큼 엄청난 크기의 굉음과 함께 붉은 화염이 적막에 쌓여 있던 부두를 대낮처럼 밝혔다.

작전이 성공한 것을 확인한 웅태는 돌아서서 다시 달리기 시작했다.

그런 웅태의 뒤에서는 불길에 휩싸인 세키부네와 세키부네의 화재를 진압하기 위해 사방에서 모여든 왜군으로 북새통을 이루었다.

웅태는 도망치며 손가락에 침을 묻혔다.

그리곤 침을 묻힌 손가락을 허공에 대보았다.

어부의 말대로 바람은 남동쪽에서 북쪽으로 부는 중이었다.

고개를 힐끔 돌린 웅태의 눈에 세키부네에서 타오른 불길이 북서쪽에 있던 다른 세키부네와 고바야에 번져가는 모습이 들어왔다.

위장에 사용한 왜군의 갑옷과 칼을 풀숲에 버린 웅태는 얼굴과 손에 칠한 재를 바닷물로 씻었다. 그리고 다시 어부처럼 어망을 짊어진 채 빠른 걸음으로 집결장소를 향해 나아가기 시작했다.

그 날 새벽, 마쓰우라에 정박해있던 백여 척의 전선 중 네 척이 불에 타서 재로 변했다. 그냥 네 척이면 커다란 피해는 아니었다.

한데 그 네 척을 태우던 불길이 강풍의 영향으로 북동쪽으로 번져가는 바람에 인접해있던 다른 전선에 불이 붙어 피해가 막심했다.

화재를 완전히 진압했을 때에는 이미 서른 척의 전선이 불에 타서 재로 변했으며 20여 척의 전선은 수리를 해야 항해가 가능했다.

웅태는 집결장소에서 기다렸다.

그러나 인원은 미리 와서 대기 중이던 코이치를 포함해 셋이 다였다.

배 네 척이 불에 탔으니 최소한 네 명은 성공했다는 말인데 그 중 세 명이 도착하지 못했다는 말은 탈출에 실패했다는 말과 같았다.

최대한 기다린 웅태는 하는 수 없이 남쪽으로 급히 발길을 돌렸다.

다음 날은 나가사키에서 전선 수십 척이 불에 탔다.

셋째 날에는 피해가 더 심해서 구마모토가 불에 타버릴 지경이었다.

소식을 접한 왜군 수뇌부는 큐슈에 적이 있다는 사실에 당황해 급히 공격당한 큐슈 서쪽 해안에 대대적인 수색작전을 실시하였다.

그러나 웅태와 길전, 삼랑 등은 이미 큐슈 남부를 돌아 다시 큐슈 동쪽 해안으로 올라가는 중이었다. 웅태는 고개를 돌려보았다.

스무 명에 이르던 부하가 그 사이 일곱으로 팍 줄어있었다.

그 중 두 명은 화상을 입은 상태였다.

생각보다 불길이 세서 미처 피하지 못한 것이다.

왜군 수뇌부가 큐슈 서쪽을 샅샅이 뒤지는 동안, 큐슈 동부 해안에 도착한 일행은 마지막으로 벳푸와 사이키 두 곳 공격에 나섰다.

웅태는 길전과 함께 조금 더 어려운 벳푸 쪽을, 삼랑은 사이키항구를 맡았다. 며칠 후, 벳푸에서 먼저 불길이 일었다. 그리고 얼마 지나지 않아서 사이키의 항구에서도 엄청난 화재가 발생했다.

그러나 집결장소에 도착한 사람은 웅태와 길전 두 명이 전부였다.

짐을 지키던 코이치가 웅태에게 물었다.

"다른 사람들은 어디에 있습니까?"

웅태가 미간을 찡그렸다.

"사이키 쪽으로 간 사람들은 모두 당했다. 우리 쪽도 피해가 있었고."

"아, 제가 괜한 걸 물었군요."

"아니다. 임무에는 성공했으니 다들 그 동안 먹은 밥값은 한 셈이지."

쓸쓸이 중얼거린 웅태는 코이치의 안내를 받아 다시 조선으로 출발했다. 들어올 때는 쉬웠지만 나가는 것은 몇 배로 더 어려웠다.

다행히 코이치의 능력이 좋아 이키와 대마도를 거쳐 조선에 도착할 수 있었다. 이후, 웅태, 길전, 코이치 세 명은 도성으로 올라가 이혼을 직접 알현한 다음, 각자 관직과 막대한 보상을 받았다.

그 중에서도 간자임무를 훌륭히 수행한 코이치는 이혼의 어명을 받아 광일(光一)로 개명한 다음, 한양 광씨(光氏) 본관을 얻었다.

얼마 후에는 도원수 산하에 생긴 특수부대의 교관으로 들어갔다.

원래 광일은 흔히 말하는 닌자가문출신의 닌자였다.

큐슈에 있는 영주 중 한 명에게 충성을 바치던 가문이었는데 영주 가문이 시마즈 요시히로에게 명망한 후 그의 가문도 같이 망했다.

그러던 중 우연한 기회에 조선의 포섭을 받아 진로를 아예 바꿨다.

전에는 충성을 바치던 영주를 위해 다른 영주들의 정보를 캤다면 이번에는 조선을 위해 왜국의 정보를 캐는 입장으로 변한 것이다.

사실, 시마즈 요시히로에게 가문이 몰락한 후 왜국에서는 더 이상 희망을 찾아볼 수 없는 입장인지라, 조선의 포섭을 받은 즉시, 가문의 여자와 아이들을 먼저 조선에 보내 정착하도록 만들었다.

이는 자신이 조선을 배신할 일이 없다는 것을 보여주는 행동이었다.

왜국에서 늘 하던 대로 인질을 보내온 셈이었다.

광일은 이 2년 동안 나고야대본영을 중심으로 왜국의 조선침략 준비상황을 철저히 조사한 다음, 그 정보를 국정원에 보내주었다.

이번 작전 역시 광일이 거의 주도한 작전으로 그가 없었으면 이런 성과를 내기 힘들었을 것이다. 자기를 대신해 정보를 모을 간자를 몇 명 양성한 광일은 웅태, 길전과 함께 조선으로 들어왔다.

그런 광일을 위해 도성에 좋은 집을 한 채 마련해준 이혼은 그 곳에서 가족들과 같이 살도록 해주었다. 이는 성과를 내면 확실한 보상이 따른다는 점을 보여주는 효과 외에도, 항왜연대 병사들에게 조선인과 차별하지 않겠다는 뜻을 보여주는 효과가 있었다.

한편, 항왜연대의 특수작전에 큰 피해를 입은 도요토미 히데요시는 거의 반미치광이로 변해 불탄 전선을 복구하라는 명을 내렸다.

이번에 불에 탄 전선의 숫자는 기존에 있던 전선의 4할에 가까운 수여서 복구하지 않으면 조선 침략에 제동이 걸리는 상황이었다.

왜군 수뇌부는 뒤통수를 한 대 세게 맞은 것 같은 충격을 느꼈다.

조선의 특수부대가 큐슈에 잠입하여 이런 짓을 벌이이라고는 생각하지 못했다. 특히, 소규모 특수부대를 이용하는 이런 식의 작전을 그들은 거의 처음 접해보는지라, 초동대처에 빈틈을 드러냈다.

그리고 그 바람에 입지 않아야할 피해를 몇 갑절로 받았다.

부랴부랴 전선을 정박한 항구와 전선을 건조하는 조선소에 병력을 추가 배치했지만 소 잃고 외양간 고치는 거와 다르지 않았다.

왜국은 정신적으로도 상당한 피해를 입었다.

삼국시대 이후 조선이 세종시절 대마도를 잠깐 정벌한 적은 있었지만 한반도에서 큐슈와 같은 본토에 직접 침입한 역사는 없었다.

또, 몽골제국이 큐슈해안에 침략했다가 태풍에 쓸려가버린 다음에는 다른 나라가 왜국을 침략한 역사가 없었다. 그 동안 바다라는 천연의 해자가 왜국을 적에게서 완벽히 보호해주었던 것이다.

한데 비록 소수이기는 하지만 조선은 병력을 파견해 공격을 해왔다.

왜국은 바다 밖으로 왜구나, 왜군을 보내 다른 나라를 침략한 경험만 있지 당해본 역사가 없었던지라, 너나할 거 없이 충격을 받았다.

왜국도 이젠 안전하지 않다는 생각을 부지불식간에 심어준 것이다.

어쨌든 왜국의 재침략 시기를 늦춘 이혼은 농사준비에 여념 없었다.

풍년이 들지는 알 수 없지만 올 가을에 추수를 많이 해야 굶주림에 시달리는 백성들을 배불리 먹이는 한편, 다음에 있을 왜국의 재침략에 대비해 병사를 먹일 군량을 충분히 확보할 수가 있었다.

이혼은 남녘에서 올라오는 따스한 봄바람을 맞으며 생각했다.

'최선을 다해 준비하자. 그리고 나머진 하늘의 뜻에 맡기는 수밖에 없다. 하늘이 우리의 이러한 간절한 노력을 알아준다면 작물이 자라기 좋은 날씨를 선사해줄 것이고 그렇지 않다면 가뭄과 태풍, 장마, 홍수, 서리가 차례로 오는 혹독한 1년을 보내겠지.'

이혼은 행궁을 나와 숭례문으로 흑룡을 몰았다.

시간이 꽤 흘러 도성은 옛 모습을 거의 되찾았다.

다만, 흉물스럽게 남아있는 대궐만이 몇 년 전 커다란 외침이 있었다는 사실을 마치 상징하듯이, 불에 탄 모습 그대로 남아있었다.

대신들은 창덕궁을 재건해 왕실의 위엄을 백성에게 보여줘야 한다는 주장을 폈으나 이혼은 그럴 때마다 고개를 설레설레 저었다.

"왕실의 위엄은 대궐에서 오는 게 아니라, 태평성대에서 오는 거라 생각하오. 대궐은 태평성대를 이룩한 다음에 재건을 고려하겠소."

대신들의 주장을 일축한 이혼은 숭례문을 나와 용산으로 달려갔다.

도도히 흐르는 한강을 따라 얼마정도 달려가니 강가에 지어놓은 가옥 몇 채가 연달아 보였다. 바로 이장손의 국가기술원이었다.

북쪽 반란군을 토벌한 권율은 이혼의 명으로 의주에 가서는 그곳에 있던 시설물 몇 개를 통째로 떼어와 국가기술원으로 옮겼다.

바로 이혼이 의주에서 만든 암모니아생성을 위한 반응로였다.

이혼이 선조의 부름을 받아 의주 행재소에 갔을 무렵, 하릴없이 보내는 시간이 아까워 만든 게 바로 이 암모니아 생성 반응로였다.

하버-보슈가 만든 질소고정법을 토대로 설계한 이 암모니아생성용 반응로는 공기 중의 질소를 고정해 암모니아를 만드는데 암모니아는 비료와 화약에 들어가는 재료여서 아주 유용한 장치였다.

암모니아를 질산으로 바꾸면 그게 바로 화약의 원료였다.

그리고 암모니아를 이용하면 질소비료 제조도 가능했다.

농작물은 생장에 질소가 꼭 필요하지만 공기 중에서 얻기가 힘들어 인위적으로 보충해줘야 하는데 이때 질소비료가 꼭 필요했다.

이 질소비료가 나온 후에 농작물의 수확량이 여섯 배 이상 증가했다는 기록이 있을 만큼 인류사에서 가장 중요한 업적 중 하나가 바로 이 하버-보슈의 질소고정법이며 21세기 인류의 숫자를 60억 명까지 지탱할 수 있는 이유 또

한 이 질소고정법에 있었다.

이혼은 이장손을 불러 물었다.

"반응로를 다시 가동하는 데 얼마나 걸리겠나?"

"2, 3일 후면 가능할 것으로 보이옵니다."

"확장할 준비도 마쳤는가?"

"예, 전하. 부품을 완성하는 대로 조립해서 규모를 늘릴 계획입니다."

"여름이 가기 전에 지금보다 열배 이상을 생산해야하네."

이장손은 놀란 표정을 지었다.

"열배나 말이옵니까?"

"왜 어려운가?"

"아, 아니옵니다. 해보겠사옵니다."

"부탁하네."

이장손의 어깨를 두드려준 이혼은 한강을 건너 남쪽으로 내려갔다.

지금이야 강남이다 뭐다 하지만 이때의 한강남쪽은 허허벌판이었다.

이혼은 이곳에 농업연구원를 설립함과 동시에 근처에 있는 수만 평의 농지를 국가에서 직접 관리하는 농장으로 바꾸는 중이었다.

농업연구원의 원장은 국가기술원, 국가정보원의 원장과 같은 정 3품 당상관자리였는데 이혼은 그 자리에 일자

무식인 농부를 앉혔다.

　농부의 이름은 김막동이었다.

　전라도 곡창지대에서 소작농으로 시작한 그는 3년 만에 소작농 신분에서 벗어나 자기 땅을 만든 그야말로 입지전적인 인물이었다.

　소작농은 말 그대로 땅을 가진 지주(地主)를 대신해 농사를 짓는 농부를 지칭한다. 한데 소작농은 악순환의 연결고리와 같아서 한 번 발을 들여놓으면 대대손손 그 굴레를 벗어나기 쉽지 않았다.

　소작농은 지주의 땅을 빌려 농사를 짓는지라, 가을에 추수를 하면 당연히 지주에게 먼저 소작료를 내야했다. 그리고 나라에서 부과하는 세금과 각종 공납 등을 제하고 나면 손에 남는 게 없었다.

　보릿고개를 날 마땅한 방도가 없는 소작농들은 지주에게 고리로 양식을 빌려서는 그걸로 다음 추수가 오기 전까지 버텨야했다.

　그리고 다음 해 추수를 하면 소작료에 세금, 거기에 작년에 고리로 빌렸던 양식 값마저 빠져나가 오히려 농사를 지으면 손해였다.

　발을 들여놓으면 빠져나올 방도가 없는 개미지옥이었다.

　급기야 소작농들은 야반도주하거나, 아니면 화적떼의 길로 빠졌다.

이런 상황에서 3년 만에 소작농을 벗어났다는 말은 다른 농부와 같은 면적을 사용하면서도 훨씬 많은 소출을 거뒀다는 말이었다.

관원들은 까막눈에 가까운 김막동을 국가의 농업을 좌지우지하는 농업연구원의 원장에 앉힌 이혼의 처사를 이해하지 못하는 듯했다.

급기야 상소를 올려 이를 철회해 달라 주청했다.

그러나 이혼은 꿈쩍하지 않았다.

"농사를 가장 잘 아는 사람은 농부요! 땅 한 번 일궈보지 않은 관원이 아무리 많은 지식이 있다한들 직접 농사를 지어본 농부만 하겠소! 그러니 과인의 이번 결정에 경들은 이의를 달지 마시오!"

관원들은 그 후에도 반대를 계속 했으나 이혼은 말을 듣지 않았다.

주도권을 쥔 마당에 다른 임금들처럼 고개를 숙일 필요가 없었다.

이 일은 결국, 유성룡 등이 관원들을 진정시키며 끝이 났다.

우여곡절이 조금 있기는 했지만 농업연구원 원장을 맡은 김막동은 한강 남쪽에 국가 주도 농장을 만드는 일에 전력을 다해 임했다.

이혼은 작물의 소출을 급격히 늘리는 방법으로 두 가지를 떠올렸다.

하나는 앞서 말한 대로 암모니아로 만드는 질소비료였다.

비료를 사용하면 작물에 질소를 안정적으로 공급하는 게 가능해 지금보다 몇 배에 이르는 소출을 농부들에게 가져다줄 수 있었다.

그리고 두 번째는 바로 품종개량이었다.

비료를 이용해 소출을 늘려도 병충해나, 각종 재해에 피해를 입으면 비료의 효과가 사라졌다. 반대로 병충해나, 재해에 강하다면 가을에 추수할 수 있는 곡식의 양이 몇 배로 늘게 틀림없었다.

비료와 품종개량이 서로 시너지효과를 내는 것이다.

비료의 효과를 더 늘리기 위해서라도 작물의 품종의 개량해야한다는 생각을 한 이혼은 그 일을 김막동의 농업연구원에 맡겼다.

김막동은 우선 조선에서 현재 재배하는 벼의 품종 조사에 들어갔다.

대부분이 온대지방에서 재배하는 자포니카품종이었는데 자포니카품종은 한중일 삼국에서 주로 재배하는 품종이었다. 또, 특징으로는 키가 작고 쌀알이 단단하며 밥을 지었을 때 찰기가 있었다.

조사를 마친 김막동은 각 품종의 장단점분석에 들어갔다.

한반도에서 벼농사를 짓기 시작한 시기를 기원전 1세기

경으로 보는데 삼국시대와 고려시대를 거치는 동안, 품종의 다변화, 그리고 재배방식의 발전이 꾸준히 이루어진 것은 맞지만 기록이 없었다.

그나마 조선시대에 들어와 세종대왕의 명으로 편찬한 농사직설(農事直說)과 강희맹(姜希孟)이 지은 금양잡록(衿陽雜綠)이 지금까지 전해져 이 두 개의 책을 토대로 이전 품종에 대해 연구했다.

품종의 종류는 적게 보면 스무 개, 많게 보면 서른 개가 훌쩍 넘었다.

또, 각 품종은 특징과 장단점이 확실했다.

어떤 종자는 병충해에 아주 강하지만 키가 다른 종보다 커서 수해에 피해가 컸다. 그리고 어떤 종자는 키가 작고 단단해 수해의 피해는 적지만 그 대신 병충해나, 냉해(冷害)에 약점을 드러냈다.

김막동은 국영 농장의 논에서 수십 개의 품종을 서로 교배해나갔다.

물론, 연구수준은 현대에 비하면 조악한 편이었다.

교배할 두 개의 품종을 모본(母本)과 부본(父本)으로 나눈 다음, 적당한 시기를 골라 서로 교배해야하는데 이는 아주 정교한 기술이 필요했다. 벼는 조생종과 중생종, 만생종으로 나뉘는 등, 꽃을 피우는 시기가 제각각인지라, 이를 맞추려면 실력이 좋아야했다.

다행히 김막동은 벼의 특성을 누구보다 잘 아는지라, 그 래도 조금 나았지만 현대에서처럼 정밀한 연구를 하기에 는 모자람이 있었다.

그저 서두르기 보단 끊임없이 연구하여 세월이 어느 정 도 흘렀을 때 지금보다는 조금이라도 나은 품종이 나오길 기대할 뿐이었다.

그 첫 결과는 올 가을에 나올 테지만 일단 첫발은 떼었다.

이혼은 국영농장 반에는 교배한 품종을, 그리고 나머지 반에는 중부지방에서 가장 많이 재배하는 벼의 품종을 이 앙법(移秧法)을 이용해 파종했다. 이앙법이란 논에 볍씨를 직접 심는 직파 대신 사용하기 시작한 방법으로 못자리에 서 벼를 어느 정도 키운 다음, 본 논에 옮겨 심는 방식인데 볍씨를 아낄 수 있을 뿐 아니라, 제초작업이 훨씬 쉬웠으 며 단위면적당 생산량도 더 나았다.

이앙법은 15세기에 이미 그 모습을 드러낸 혁신적인 농 법이었다.

그러나 수리시설의 미비 등으로 삼남 일부지역에서만 사용할 뿐이었고 그 외의 지역에서는 여전히 논에 직접 심 는 직파가 유행했다.

이혼은 그런 이앙법을 중부지역에 있는 한강 남쪽에 도 입한 것이다.

이앙법으로 모를 길러 본 논에 옮겨 심은 이혼은 질소고정법으로 생산한 질소비료와 퇴비 등을 배합해주며 정성을 다해 길렀다.

자연의 순리는 엄격하며 정확했다.

봄이 지나기 무섭게 여름이 찾아와 대지를 초록빛으로 물들였다.

대청마루에 앉아 시원한 냉수로 더위를 식히던 이혼은 고개를 돌려 옆을 보았다. 내관 몇 명이 대청 앞에 자라는 잡초를 뽑는 중이었다. 왜란 전에는 내관과 궁녀가 수백 명에 이르렀지만 지금은 수십 명에 불과했다. 그러나 수가 줄어서 힘든 점은 크게 없었다. 왕실 사람이 이혼과 대비 두 명에 불과했으며 관리하는 대궐 역시 행궁 하나여서 그렇게 많은 고용인이 필요 없었다.

이혼은 옆에서 부채를 부쳐주는 상선을 보았다.

상선의 성은 조씨(趙氏)였다.

그는 일곱 살이란 어린 나이에 궁에 들어와 50년 가까이 내관생활을 하였는지라, 왕실과 대궐에 대해 모르는 게 없는 사람이었다.

이혼의 시선을 받은 상선이 물었다.

"필요한 게 있으시옵니까?"

"요즘 들어 잡초를 뽑는 광경을 많이 보는 것 같구려."

"그렇사옵니다, 전하. 잡초는 생명력이 아주 질겨서 오늘 뽑아도 다음 날 다시 자라기 일쑤인지라, 거의 매일 관리해

주지 않으면 금세 풀이 마당을 뒤덮어 뱀이나, 벌레들이 들 끓을 것이옵니다.”

“논도 그렇겠지?”

“그래서 이 시기를 농부들이 가장 힘들어한다는 말을 들었사옵니다.”

“으음.”

뭔가 생각하던 이혼은 다음 날 정례조회에 나갔다.

원래 조회는 아침 일찍 여는 게 상식이었다.

그래야 전날 밤에 있었던 일을 임금에게 보고하고 그 답을 얻을 수 있었다. 그러나 이혼은 조회를 정오로 늦췄다. 원거리 통신수단이 없는 상황에서 아침 일찍 조회를 열어 봐야 임금과 신하가 모두 피곤하기만 할 뿐, 제대로 된 회의를 하기가 힘들었다.

원거리 통신수단이 있다면 전날 밤에 무슨 일이 일어났는지 바로 알지만 지금과 같은 시대에서는 가까운 지역은 2, 3일, 먼 지역은 보름은 족히 지나서야 도성에 있는 조정에 그 소식이 전해졌다.

또, 도성이나, 한양 근방에서 일어난 일은 바로바로 처리가 가능해 따로 아침 일찍 조회를 열어 보고받을 필요가 없었던 것이다.

이혼은 조회 외에도 한 가지를 더 바꾸었다.

조선의 임금은 하루에 세 차례씩 경연(經筵)을 열어 경서를 강론했는데 이혼은 이를 한 번으로 바꾸었다. 경연이 단순히 경서를 강론하는 일 외에도 신하들과 긴밀하게 논의하는 기능이 있다곤 하지만 조회에서 하면 될 일을 굳이 경연에서 할 필요는 없었다.

이혼은 이처럼 중국의 방식을 장단점의 분석 없이 그대로 답습한 제도나, 유교에 얽매여 무리하게 유지하던 제도를 바꿔나갔다.

조회는 원래 인원이 많으면 정전(正殿)에서, 그리고 참여 인원이 적으면 편전(便殿)에서 행했다. 이를 창덕궁으로 따지면 정전은 인정전(仁政殿), 편전은 선정전(宣政殿)에 해당했다. 또, 관원을 개별적으로 만날 때는 개인 집무실인 희정당(熙政堂)을 이용했다.

그러나 행궁은 근처에 있는 저택 몇 개의 담을 헐어 만든 곳인지라, 편전이나, 정전의 구분이 없어 사랑채에서 모든 회의를 열었다.

좁기는 해도 사방의 방문을 다 열어놓으면 그나마 지낼 만 하였다.

"주상전하 납시오!"

앞서 걷던 상선의 외침에 앉아있던 대신들이 일어나 머리를 숙였다.

이혼은 사랑채 안쪽으로 들어가 임금이 앉는 의자에 앉았다.

임금이 앉는 의자를 흔히 옥좌(玉座)라 하였다.

옥좌에는 임금이 앉는 자리라는 뜻 외에 한 가지 뜻이
더 있었다.

바로 보위(寶位), 그 자체를 의미하는 경우였다.

그래서 옥좌를 차지했다는 말은 단순히 임금이 앉는 의
자를 차지했다는 말이 아니라, 임금의 자리에 올랐다는 말
과 다르지 않았다.

유교를 숭상하는 조선에서는 임금이 화려한 것을 멀리
해한다는 관습이 있어 옥좌에 보석을 박거나, 금으로 치장
하는 일은 없었다.

그렇다고 해도 솜씨 좋은 장인들이 몇 달에 걸쳐 제작하
는 게 옥좌였지만 경복궁과 창덕궁에 있던 옥좌가 모두 불
에 타는 바람에 급히 새로 만들었는데 방석을 밑에 깔면
그나마 앉을 만하였다.

옥좌에 앉은 이혼은 등받이에 등을 기대며 손을 들었다.

"모두 앉으시오."

"성은이 망극하옵니다."

대신들은 그제야 자리에 앉아 머리를 들었다.

조회에 참석하는 대신의 수는 정확히 열 명이었다.

삼정승에 육조판서, 그리고 도승지를 더한 이 열 명이
지금의 조선을 이끌어가는 핵심관료로, 이들이 없으면 조
정은 돌아가지 않았다.

이혼은 도승지 이덕형을 불렀다.

"조회를 시작하시오."

"예, 전하."

앞으로 나온 이덕형은 간밤에 들어온 소식을 먼저 전파했다.

"우선 충청도와 강원도의 가뭄이 심해 우려하는 목소리가 높습니다. 또, 전라도와 경상도 일부 지역에서는 전염병이 발생해 조정의 지원을 요청하는 상황이고 평안도에서는 때 이른 장마로 수해를 입어 긴급지원을 요청해왔습니다. 마지막으로 함경도는 여전히 관원 수가 부족하여 행정이 제대로 이루어지지 않는다고 합니다."

이덕형은 각 고을 수령들이 보내온 장계를 간추려 보고했다.

보고를 받은 이혼은 영의정 유성룡에게 물었다.

"방책이 있소?"

유성룡은 몸을 돌려 앉으며 대답했다.

"충청도와 강원도의 가뭄이 극심하다면 부족한 관개시설을 정비하거나, 아니면 저수지와 강의 물을 끌어와 해결해야할 듯 보이옵니다. 그리고 전라도와 경상도 일부지역에 발생한 전염병은 내의원의 의원과 의녀를 보내 해결하도록 하시옵소서. 또, 평안도의 수해를 입은 곳은 세금을 감면하는 조치를 취하시옵소서. 그러면 백성의 부담이 줄 것이옵니다. 마지막으로 함경도에 부족한 관원은 과거를 조속히 시행해 충당하도록 해야 할 것이옵니다."

고개를 끄덕인 이혼은 좌의정 이산해를 보았다.

"충청도와 강원도의 가뭄은 좌상대감이 직접 내려가서 해결하시오."

"신이 말이옵니까?"

이산해가 조금 놀란 표정으로 물었다.

"가뭄이 심하다면 올해 추수가 어려울 것이오. 그러니 경험 많은 좌상이 직접 내려가 보살펴야하는 것이오. 조정에서 최대한 지원을 할 테니 좌상이 진두지휘하여 이번 가뭄을 잘 해결해보시오."

"성은이 망극하옵니다."

이산해 다음에는 정철을 불렀다.

"우상대감은 내의원의 여러 의원들과 함께 하삼도로 내려가 전염병문제를 처리하시오. 전염병은 초기에 잡아야 하니 서둘러야할 것이오. 그리고 전염병이 도는 지역과 그 주변 지역은 반드시 식수를 끓여서 먹도록 하고 청결에도 주의하라는 명을 내리시오."

"예, 전하."

정철이 대답하기 무섭게 이혼은 호조판서 이항복을 보았다.

"호조는 수해를 입은 평안도 지역의 세금을 감면해주도

록 하시오."

"분부대로 하겠사옵니다."

이혼은 마지막으로 이조판서 이원익에게 명했다.

"이조는 과거를 조속히 시행해 함경도의 관원을 보충하도록 하시오."

"알겠사옵니다."

안건을 모두 처리한 이혼은 고개를 돌려 대신들을 훑어보며 물었다.

"이제 할 말이 있는 사람은 하도록 하시오. 무슨 이야기든 상관없소."

공조판서 김우옹이 먼저 입을 열었다.

"의정부와 육조의 일은 늘어났는데 사용할 관청은 협소해 어려움이 많사옵니다. 백성을 위하는 전하의 마음을 모르는 바는 아니오나 행정의 효율을 높이려면 관청을 더 늘려야할 줄 아옵니다."

"과인도 임시관청에서 일하느라 여러 관원이 고생한다는 것을 알고 있소. 그러나 지금 당장 관청을 새로 짓기에는 재정이 빠듯하니 참아주시오. 대신, 임시로 사용하는 관청 주변에 민가가 있다면 구입을 하든지해서 공간을 넓게 사용하는 것은 허락하겠소."

"성은이 망극하여이다."

이번에는 예조판서 이수광이 입을 열었다.

"백성을 위해 허리띠를 졸라매겠다는 전하의 취지를 모르는 것은 아니오나 성균관을 비롯한 국가교육기관을 하루 속히 재건해야할 줄 아옵니다. 그래야 나라의 정치가 반석 위에 설 것이옵니다."

이혼은 고개를 저었다.

"성균관은 복구하지 않을 것이오. 돈도 없을뿐더러, 성균관에서만 나라의 관료를 뽑는다면 참신한 인재들을 얻을 수가 없을 것이오."

"하오나 전하……."

"과인의 생각에는 변함이 없으니 그 이야긴 그만하시오."

이혼의 단호한 말에 이수광은 하는 수 없이 입을 다물었다.

이런 저런 얘기가 오가던 중에 우의정 정철이 권유했다.

"중전마마의 상이 어느 정도 마무리되었으니 이제 비어 있는 국모(國母)의 자리를 다시 채우심이 어떻겠사옵니까? 국모를 맞이한 후에 세자를 낳으셔야 나라와 왕실이 반석 위에 설 것이옵니다."

이혼은 생각지 못한 얘기인지라, 조금 당황했다.

"과인보고 혼인을 하란 말이오?"

유성룡은 눈을 크게 뜨며 물었다.

"우상대감의 말은 당연한 이치이옵니다. 어찌 그러시옵니까?"

"아, 그 문제는 생각을 조금 해본 연후에 결정하겠소."

이산해 역시 이 문제는 강력하게 나왔다.

"이는 미룰 문제가 아니니 여름이 가기 전에 간택령을 내리셔야하옵니다. 신들이 대비마마를 찾아뵙고 추진하도록 하겠사옵니다."

"으음, 알겠소."

대신들의 청을 받아들인 이혼은 조회 말미에 입을 열었다.

"경들도 과인이 한강 남쪽에 농장을 세워 벼농사를 짓고 있다는 것을 알 것이오. 농자천하지대본(農者天下之大本)이라하였으니 경들도 과인과 함께 농사를 지어보면 농부들의 고충을 알 수 있을뿐더러, 새로운 농사기법 등을 연구할 수 있는 기회가 될 거라 생각하오. 지방으로 떠나는 좌의정과 우의정을 제외한 5품관 이상의 모든 관원은 닷새 후에 농장에 모두 집결하도록 하시오."

"성은이 망극하옵니다."

이혼은 지방으로 떠나는 이산해와 정철을 전별한 다음, 약속한 대로 국영 농장으로 향했다. 어가가 한강 남쪽으로 행차한답시고 배다리를 놓거나 하는 일은 없었다. 그저 다른 백성들처럼 나룻배에 타고 이동했으며 내릴 때는 뱃사공에게 뱃삯을 꼭 지불했다.

뱃사공은 절대 받지 않으려고 했지만 이혼은 기어코 삯을 지불했다.

이혼이 이렇게 나오는 바람에 관원들도 감히 공짜로 탈 생각을 하지 못했다. 임금도 내는 마당에 그들이 내지 않을 도리가 없었다.

이혼은 기영도, 정말수 등과 강남에 도착해 농장으로 말을 몰았다.

세자익위사 좌익위였던 기영도는 현재 금군청(禁軍廳)의 대장으로 승진해 이혼을 계속 호위하는 중이었으며 세자시강원 소속 관원이던 정말수는 동부승지로 진급해 이혼을 지근거리에서 보좌했다.

세자였던 시절의 사람이 더 편하기도 했지만 그들의 공을 인정해줘야 공을 세우면 보상이 확실히 따른다는 점을 보여줄 수 있었다.

그렇다고 세자시절 그를 보좌했던 사람들이 권력을 쥐고 정사를 농단하는 것은 절대 허락하지 않았다. 세조가 단종을 죽이고 보위에 올랐을 때 한명회(韓明澮) 등의 권신이 부상했던 일이나, 중종이 반정을 일으켰을 때 생긴 공신 수십 명이 권력을 나눠 쥐고 정사를 어지럽힌 것을 생각해볼 때 이는 중요한 문제였다.

국영 농장이 멀지 않았을 무렵, 이혼은 고개를 들어 하늘을 보았다.

날씨가 후덥지근한 게 오늘은 꽤 더울 듯싶었다.

이 더운 날 논에 나오는 게 이혼이라고 좋을 리 없었다.

그리고 열심히 일을 하는 신하들을 굳이 이곳으로 불러 내 일을 시키고 쉽지도 않았다. 그냥 편하게 있으면 모두 가 편해지는 것이다.

그러나 상황이 그렇지 않았다.

어떤 경우에는 싫은 일도 해야 하는 때가 있는데 지금이 그때였다.

이혼이 보기에 조선이란 나라는 처음부터 단추를 몇 개 잘못 끼웠다.

우선 조선의 행정을 설계한 사람들은 고려에서 성행하 던 시장경제를 정부 주도의 소극적이며 보수적인 형태로 바꾸어 시장경제의 몰락을 야기하였다. 또, 불교, 유교, 도 교가 혼재해 있던 자유로운 사상체계에서 유학만 인정하 는 독선적인 형태로 바뀌었다.

심지어는 후대로 갈수록 교조화가 심해져 유학 중에서 도 주자가 정리한 주자성리학이 아니면 이단이라 배척하 는 경우마저 있었다.

사상의 흐름은 자유로워야하는데 조선은 그렇지 않았다.

이는 훗날 세계의 흐름에 동 떨어지는 최악의 결과를 만 들어내었다.

이혼이 2백년 간 이어져온 체제를 단시일에 바꾸는 것 은 힘들었다.

아무리 강력한 왕권이 있어도 사회를 형성하는 구조적 기반을 허물어가면서 개혁을 실시하게는 부작용과 반발이 만만치 않았다.

이에 이혼은 다른 방법을 찾았다.

기존의 것을 갈고 닦아 다른 활로를 찾는 것이었다.

이혼이 국영농장을 만든 이유 역시 바로 그러했다.

조선이 농업이 주도하는 사회라면 그 농업을 극도로 발달시켜 그 안에서 시장경제가 보호받으며 성장하도록 만들 계획을 세웠다.

시장경제의 기본은 잉여상품의 확보에 있었다.

생산자가 생산한 물건을 가까운 지역에서 소비한 다음, 그래도 상품이 남는다면 시장에 가져가 내다파는 게 자본경제의 기초였다.

한데 조선은 이 잉여산품의 양이 많지 않아 자본경제가 발달하지 않았다. 화폐의 유통이 계속 실패하는 이유 역시 이 점에 있었다.

잉여상품의 양이 많다면 당연히 그 거래대금이 커질 수밖에 없어 백성들이 돈 대신 사용하는 쌀이나, 포가 따라가지 못하는 것이다.

이혼은 경제기반을 갑자기 상업으로 바꾸기보단 농업을 극도로 발달시킨 다음, 거기서 나는 잉여상품으로 경제를 키울 생각이었다.

이혼이 오늘 관원들과 함께 농장을 찾은 이유 역시 같았다.

혼자서 고민하기보다는 여러 사람이 함께 고민하면 찾기가 쉬웠다.

농장에 도착했을 때, 영의정 유성룡 등 수십 명의 관원이 자리에 나와 있었다. 일이 있어 오지 못한 관원을 제외하면 전부 모였다.

이혼은 정말수의 도움을 받아 용포와 익선관을 벗었다.

그 모습에 관원들이 놀란 듯 웅성거렸다.

임금이 아무데서나 용포와 익선관을 벗을 줄은 예상치 못한 것이다.

소매와 바짓가랑이를 접어올린 이혼은 급기야 논에 직접 들어갔다.

영의정 유성룡이 말렸다.

"옥체가 상하실까 두렵사옵니다. 일은 신들이 할 터이니 전하께서는 쉬고 계시는 게 어떻겠사옵니까? 부디 통촉하여 주시옵소서."

이혼은 웃으며 고개를 저었다.

"나이든 영상이 일을 하는데 젊은 과인이 어찌 그늘에서 쉴 수 있겠소. 또, 과인이 불렀는데 어찌 뒷짐을 쥐고 서있을 수 있겠소."

이혼을 본 관원들도 서둘러 관복을 벗고 논으로 들어왔다.

6장. 내일을 위한 준비

光海鑑

6장. 내일을 위한 준비

소매를 걷어붙인 이혼은 논에서 잡초를 뽑기 시작했다.

여름이어서 그런지 피가 벼만큼 자라있었다.

까딱 잘못하다가는 이게 벼인지, 피인지 모를 지경이었다.

한창 피를 뽑던 이혼은 허리를 펴며 이마에 흐르는 땀을 닦았다.

그런 이혼의 눈에 논의 정경이 들어왔다.

못자리에 파종한 다음, 벼가 어느 정도 자랐을 때 본 논으로 옮겨 심는 이앙법을 사용했는지라, 벼가 마치 도열한 병사처럼 오와 열이 딱딱 맞았다. 전에는 직파를 했는데 직파를 하면 들판에 자라는 풀처럼 제멋대로 자라 지금처럼 오와 열이 맞지 않았다.

오와 열이 맞는 게 단순히 보기 좋아서 좋은 것은 절대
아니었다.

오와 열이 맞으면 사람이 그 사이를 지나다니기 쉬워 피
와 같은 잡초를 뽑거나, 수해가 나서 쓰러졌을 때 복구하
기가 간편했다.

직파에 비해 이앙법이 좋은 이유 중 하나였다.

이앙법은 못자리에서 실패하면 그 해 농사 전체를 실패
할 수 있는 위험성이 존재한다는 거와 물이 많이 필요하다
는 약점이 있지만 그 두 가지를 제외하면 직파보다 몇 배
뛰어난 농사방법이었다.

옆에서 피를 뽑던 유성룡이 비 오듯 흐르는 땀을 수건으
로 훔쳤다.

"옛 속담에 피 다 잡은 논 없고 도둑 다 잡은 나라 없다
는데 정말 그런 거 같사옵니다. 오늘 이렇게 뽑아도 내일
이면 새로 자랄 테니 농부들도 열심히 일한 보람을 느끼지
못할 거 같사옵니다."

이혼은 고개를 끄덕였다.

"그래도 농부가 피가 없는 논을 꿈꾸듯 우리는 도둑이
없는 나라를 만들어야할 것이오. 힘들지만 노력하는 수밖
에 없을 듯하오."

"명심하겠사옵니다."

새참까지 먹어가며 피를 뽑은 이혼은 그 날 저녁 행궁으로 돌아갔다. 몸은 고단했지만 일을 제대로 한 거 같아 기분이 좋았다.

저녁을 먹은 이혼은 대비전에 들러 문안인사를 하였다.

선조와의 관계는 좋지 못했지만 대비와는 아니었다.

대비는 너그러운 성품인지라, 의지하는 바가 있었다.

사정이야 어떻던 왕실에 남은 유일한 어른이 대비인 것이다.

대비는 차를 내어주며 은근히 권했다.

"이쯤 했으면 석년에 세상을 떠난 중전과의 의리는 다 지킨 셈인데 주상도 이제 새로운 짝을 찾아야 하지 않겠소? 국모의 자리를 계속 비워둘 수는 없으니 주상도 국혼을 고려해야할 것이오."

"생각해보겠습니다."

대비전에서 차를 마시며 대비의 말동무를 해준 이혼은 행궁 처소에 돌아와 대청마루 위에 앉았다. 이혼은 잠을 자기 전에 대청에 있는 마루에 나와 마당을 구경하는 것이 요즘 유일한 낙이었다.

나무 몇 그루와 작은 정원이 다였지만 계절마다 보는 맛이 달랐다.

봄에는 혹독한 겨울을 견딘 새싹이 세상 밖으로 바둥거리며 나오는 모습을 보는 재미가 있었다. 그리고 여름에는 정원을 초록색으로 물들이는 나무와 풀, 꽃을 골라보는 재미가 있었다. 또, 가을에는 흐드러지게 피는 가을 국화를 보는 재미가 있었고 겨울에는 눈이 소담히 쌓인 마당과 눈 내리는 소리를 듣는 운치가 있었다.

사계절이 작은 마당 안에 모두 들어와 있었다.

마당에 앉아 낮 동안 달아오른 몸이 차갑게 식어가는 느낌을 즐겼다.

현대에 있을 때는 에어컨이 없으면 잠을 자기 어려울 만큼, 열대야가 있는 날이 많았다. 그러나 이곳은 달랐다. 해가 져서 그늘이 지면 달아오른 대지가 빠르게 식어버려 그런대로 지낼만하였다.

눈을 감은 채 가만히 앉아 주변 풍경에 귀를 기울였다.

짝을 찾는 벌레들의 울음소리가 마치 돌림노래 하듯 계속 이어졌다.

그때, 방문을 여는 소리가 들려왔다.

고개를 돌린 이혼은 자리끼를 가져오던 미향과 시선이 마주쳤다.

미향은 뭐가 그리 부끄러운지 고개를 숙였다.

한데 오히려 그런 모습이 이혼의 마음에 더 불을 지폈다.

이제는 더 이상 몇 년 전 남문에서 보았던 어린 소녀가 아니었다.

그야말로 성숙한 처녀의 모습이었다.

굴곡이 드러나기 시작한 몸매와 청초한 얼굴이 시선을 사로잡았다.

미향을 본 이혼은 문득 대비의 말이 떠올랐다.

'새 중전이라……'

중전을 빨리 맞아들여야하는 것은 맞았다.

빨리 후사를 봐야 국본이 튼튼해지며 혹시 있을지 모르는 변고에도 대비가 가능했다. 이혼이 급사한다면 조선은 방계들 간의 후계다툼으로 혼란이 극에 달할 것이다. 그리고 그 와중에 왜국이나, 여진족이 쳐들어온다면 나라는 그야말로 절단이 날 것이다.

그렇다고 대신이나, 대비가 정한 규슈와 혼인하는 것은 원치 않았다.

단순히 중매결혼이 싫어서 그런 게 아니라, 대신이나, 대비가 정치적인 목적을 가지고 접근할 경우, 외척이 발호할 가능성이 높았다.

불과 30년 전만해도 외척이 대대적으로 발호해 나라가 망하기 직전이었다. 연산군의 폭정으로 인해 즉위한 중종은 단경왕후(端敬王后) 신씨(愼氏)가 소생 없이 요절한 후계비로 장경왕후(章敬王后) 윤씨(尹氏)를 맞아들였다. 장경왕후는 다시 인종(仁宗)을 낳은 후 산후병으로 요절해 중종은 세 번째 부인이며 두 번째 계비인 문정왕후(文定王后) 윤씨(尹氏)를 부인으로 맞이했다.

한데 문정왕후가 경원대군(慶源大君)을 낳으며 정국이 혼란해졌다.

장경왕후의 외척인 윤임(尹任)과 문정왕후의 외척인 윤원형(尹元衡), 윤원로(尹元老)일파가 서로 대결하며 윤임 일파는 대윤(大尹), 윤원형일파는 소윤(小尹)일파를 형성했다. 처음에는 중종의 뒤를 이어 장경왕후의 소생인 인종이 즉위함에 따라 대윤이 정권을 잡는 듯했으나 인종이 8 개월 만에 급사함에 따라 문정왕후 아들인 경원대군이 명종으로 즉위해 소윤일파가 다시 정권을 잡았다.

정권을 잡은 소윤일파는 대윤일파를 숙청해 정권을 완전히 틀어쥔 다음, 어린 명종을 대신해 수렴청정(垂簾聽政)하던 문정왕후와 함께 정사를 농단해 조선을 중세 최악의 암흑기로 이끌었다.

이때, 도적떼가 들끓었는데 임꺽정이 바로 대표적이었다.

외척이 득세하는 데는 두 가지 이유가 있었다.

하나는 외척 가문의 권세가 대단해 처음부터 정략적으로 국혼에 참여해 자기 사람을 중전으로 만든 후 권세를 늘리는 경우였다.

이는 한명회가 대표적이었다.

세조가 왕위를 찬탈한 계유정난(癸酉靖難)에서 주도적인 역할을 한 한명회는 그 후에 예종(睿宗)에게 딸을 시집보내 장순왕후(章順王后)로 만들었으며 예종이 요절한 후에는 성종에게 다시 딸을 시집보내 공혜왕후(恭惠王后)로 만드는 수완을 부려 세조시절부터 성종시절까지 나는 새도 떨어트릴 정도의 권세를 부렸다.

두 번째는 세자를 보호하기 위해 임금 스스로가 외척에게 권세를 몰아주는 경우였다. 세조의 계유정난이나, 중종반정, 인조반정 등에서 볼 수 있듯 임금이라 해서 절대 권력을 가진 게 아니었다.

세자는 이보다 더하여 형제들과 그 형제들을 밀어주는 대신들에 의해 견제를 받는 경우가 많았는데 임금은 이런 세자를 보호하기 위해 외척의 권세를 강화해 세자를 보호하려는 경우가 많았다.

이혼이 외척의 발호를 견제하기 위해선 두 가지 조건이 필요했다.

하나는 한명회처럼 권신의 가문에서 중전을 배출하지 않게 하는 거였다. 그리고 다른 하나는 세자가 장성할 때까지 자신이 건재하여 형제나, 대신들의 견제를 자신이 대신 방어해주는 것이었다.

두 번째는 장담할 수 없지만 첫 번째는 인위적으로 가능했다.

연고가 없는 여인을 중전으로 맞는다면 자연히 해결되는 것이다.

마침 이혼은 연고가 없는 여인을 한 명 알았다.

바로 지금 보고 있는 미향이었다.

"잠깐!"

절을 올리고 나가려는 미향을 이혼이 급히 붙잡았다.

미향은 쭈뼛거리며 다가왔다.

"부르셨사옵니까?"

"바쁘더냐?"

"아니옵니다."

"그럼 어깨를 좀 주물러다오. 오랜만에 몸을 움직였더니 쑤시는구나."

"예, 전하."

미향은 곧 무릎으로 걸어와서 이혼의 어깨를 주무르기 시작했다.

이혼은 미향의 머리카락에서 풍기는 상쾌한 풀냄새에 정신을 빼앗겼다. 또, 자그마한 손은 어찌나 부드러운지 뼈가 없는 듯하였다.

이혼은 고개를 돌리며 물었다.

"친척이 있느냐?"

"충청도 보은(報恩)에 당숙이 있사옵니다."

"으음, 그렇구나."

말없이 미향의 손에 어깨를 맡기던 이혼은 잠시 후에 다시 물었다.

"남문에서 널 처음 보았을 때 같이 있던 아이들은 어찌

되었느냐?"

미향은 이혼과 처음으로 대면한 날, 어린 동생 외에도 옆집에 살던 어린 아이 두 명과 같이 구걸을 나와 있었다. 그 아이들도 전란 중에 부모가 죽어 부양할 사람이 없는지라, 미향이 맡은 것이다.

귀 옆에서 미향의 속삭이는 듯한 대답이 들려왔다.

"친척이 데려갔사옵니다."

"잘 되었구나. 그럼 동생은 지금 어디 있느냐?"

"전하께서 마련해주신 집에 살고 있사옵니다."

이혼은 고개를 돌리며 물었다.

"그럼 혼자 지낸단 말이냐?"

"고맙게도 옆집 아주머니가 돌봐주고 계십니다."

"보고 싶겠구나."

"허락을 받아서 사나흘에 한 번씩 다녀오니 괜찮사옵니다."

고개를 다시 앞으로 돌린 이혼은 웃으며 물었다.

"동생과 같이 살 방도가 있는데 알고 싶으냐?"

"예에?"

"과인과 혼인을 하면 네 동생을 행궁에서 살게 해주마."

깜짝 놀란 듯 어깨를 주무르는 미향의 손이 사시나무처럼 떨렸다.

이혼은 멋쩍은 웃음을 지어보였다.

"긴장하지 마라. 그냥 농담 삼아 해본 말이다. 한데 왜 싫은 것이냐?"

"소녀가 어찌 싫을 수 있겠사옵니까."

"너는 궁녀이고 과인은 임금이라 거절할 수 없다는 말이냐?"

"아, 아니옵니다."

이혼의 말에 놀랐는지 미향이 바닥에 엎드렸다.

이혼은 몸을 돌리며 물었다.

"그럼 왜 좋다고 하는 것이냐?"

"전하는 소녀의 목숨을 구해주신 은인이시옵니다."

대답하는 미향의 가녀린 체구가 비 맞은 참새처럼 가여워보였다.

사실, 미향은 이혼이 오늘 수청을 들라했으면 기꺼운 마음으로 들었을 것이다. 후궁의 첩지는 상관없었다. 그저 이혼의 곁에 있으면 그걸로 족할 만큼, 이혼은 그녀의 가슴에 깊이 들어와 있었다.

이혼은 손을 저었다.

"밤이 늦었다. 그만 가서 쉬어라."

"예, 전하."

대답한 미향은 이내 일어나 처소로 돌아갔다.

다음 날, 이혼은 국가기술원 소속 장인 몇 명을 불렀다.

"이대로 만들 수 있겠느냐?"

이혼은 장인들에게 어제 그린 설계도를 보여주었다.

설계도를 돌려본 장인들이 대답했다.

"가능할 듯 보이옵니다."

"그럼 이대로 만들어서 과인에게 가져오게."

"예, 전하."

장인들은 약속대로 며칠 후 이혼이 준 설계도대로 만들어 가져왔다.

그것은 바로 잡초를 뽑는 제초기였다.

행궁 마당으로 나온 이혼은 제초기를 자세히 살펴보았다.

손잡이와 풀을 뽑아내는 바퀴로 이루어져있었는데 바퀴는 바람개비나, 프로펠러처럼 유선형으로 생긴 날개가 안쪽에 달려있었다.

이혼은 마당에 있는 풀을 상대로 직접 시험을 해보았다.

처음에는 잘되는가 싶더니 대가 굵은 풀은 바퀴를 그냥 빠져나갔다.

이혼은 그 자리에서 장인들에게 수정할 사항을 알려주었다.

다시 며칠 후, 장인들은 이혼의 지시대로 수정한 제초기를 가져왔다.

"으음, 이번에는 괜찮은 거 같군."

일부러 뽑지 않고 그냥 둔 마당의 풀을 상대로 시험가동을 해본 이혼은 흡족한 표정을 지었다. 대가 굵은 풀도 쉽게 뽑혀 나왔다.

단단한 흙에서 이런 효과라면 질퍽한 논에선 더 쉬울 게 분명했다.

"이것을 많이 만들어서 농장에 보급하게."

"예, 전하."

장인들은 그 즉시 이혼이 만든 제초기를 제작해서 농장에 배포했다.

이혼이 제초기를 만든 이유는 며칠 전 논에서 피를 뽑다가 허리가 아파 고생하는 관원들을 보았기 때문이었다. 관원들이 일에 익숙하지 않아 그렇다곤 해도 농부 역시 아프기는 마찬가지였다.

이 수동 제초기가 얼마나 도움을 줄지는 모르지만 일단 전보다는 일이 편해질 것이기에 이혼은 본격적으로 농기구개발에 착수했다.

다음으로 착수한 것은 물을 대는 펌프였다.

펌프에도 여러 가지 종류가 있었는데 전기 동력이나, 증기기관을 이용한 펌프는 만들 수가 없어 수동용 펌프를 개조하여 보급했다.

또, 지하에 매설하는 배수관을 만들어 시험해보았다.

물은 무게만 충분하다면 낮은 곳에서 높은 곳으로 이동이 가능했다.

전기가 없는 시대에 저지대에 있는 물을 끌어와 고지대

에 분수를 만들 수 있었던 이유 역시 물이 가진 무게를 이용하여 가능했다.

이혼은 이런 식으로 농사에 필요한 여러 가지 도구나, 장비를 만들어 농장에서 계속 시험했다. 그 중 효과가 있는 것은 대량으로 제작해두었다가 내년 농사시작 전에, 농가에 보급할 계획이었다.

7월로 접어들었을 무렵.

이혼은 조회를 열어 정사를 돌보았다.

가뭄을 해결하러 갔던 좌의정 이산해와 전염병을 막으러간 우의정 정철이 어제 돌아와 오랜 만에 열 명이 전부 모인 조회였다.

이혼은 먼저 이산해에게 물었다.

"가뭄은 해갈이 되었소?"

고생을 했는지 얼굴이 까맣게 탄 이산해가 대답했다.

"예, 전하. 관개시설을 서둘러 정비하여 아직 마르지 않은 저수지나, 강의 물을 퍼다가 임시로 대처하는 중이었사온데 다행히 비가 내려 큰 고비는 넘겼사옵니다. 가뭄이 심하게 든 고을 몇 개 외에는 올해 추수하는데 큰 문제가 없을 거라 사료가 되옵니다."

"고생했소."

"성은이 망극하여이다."

이혼은 이어 정철에게 물었다.

"하삼도의 전염병은 어떻게 되었소?"

"한때는 전염병이 주변 10여 고을로 전파되어 내의원의 의원들도 손을 쓸 수 없을 지경에 이르렀사온데 환자들의 격리조치를 강화한 후 위생시설과 개인위생을 점검하여 간신히 잠재웠사옵니다."

"지금은 어떻소?"

"치료 중인 환자 수십을 제외하면 더 이상 번지지 않는 중이옵니다."

"우상도 수고가 많았소. 수고한 내의원의 의원과 의녀들에게 상을 내리시오. 그리고 도중에 발병하여 목숨을 잃은 의원과 의녀가 있으면 그 가족에게 확실한 보상을 해주도록 하고 내의원 앞에 기념비를 세워 그들의 공을 조선 팔도에 널리 전파하도록 하시오."

"성은이 망극하옵니다."

고개를 끄덕인 이혼은 도승지 이덕형을 보았다.

"도승지, 오늘 안건은 무엇이오?"

"함경도 해안가지역에 화적떼가 출몰한다는 장계가 들어왔사옵니다."

이혼은 병조판서 정탁에게 물었다.

"병판은 이를 어찌할 생각이오?"

"근위사단 5연대가 국경이 있으니 그들을 보내 진압하겠사옵니다."

"서두르라 하시오. 화적떼의 수가 늘어나면 골치가 아파지오."

"명심하겠사옵니다."

이덕형은 이어 두 번째 안건을 말했다.

"경상도 유생 천여 명이 대궐을 조속히 복구해 대비마마를 모시는 것이 아들 된 자의 본분이라며 연판장을 만들어 보냈사옵니다."

"그 일은 영의정이 맡아서 처리하시오. 과인은 더 안정되기 전에는 궁궐을 복구하는 일로 백성들을 괴롭힐 생각이 없다고 말이오."

"예, 전하."

유성룡이 명을 받은 후 이혼은 이덕형에게 물었다.

"안건이 또 있소?"

"송구하오나 같은 내용으로 상소가 많이 올라와있사옵니다."

이덕형이 상소를 한 보따리 가져와 이혼 앞에 내밀었다.

"그게 다 같은 내용의 상소요?"

"송구하오나 그런 줄 아옵니다."

"몇 개 줘보시오."

이혼은 손을 내밀어 이덕형이 올린 상소를 몇 개 읽어보았다.

한데 상소는 대부분 국혼을 서두르라는 내용이 주를 이

뒀다.

심지어 이는 대신들이 직무를 태만히 한 결과니 유성룡과 이산해, 정철 등을 파직하라는 과격한 상소마저 섞여있을 지경이었다.

이혼은 미간을 잔뜩 찌푸렸다.

"이 일은 과인이 알아서 하겠소."

이산해가 앞으로 나섰다.

"이는 전하 개인에 관한 문제가 아님을 통촉해주시옵소서."

그게 신호인 듯 다른 대신들 역시 일제히 주청을 올리기 시작했다.

"통촉하여주시옵소서!"

이혼은 쓴웃음을 지었다.

이산해의 말대로 국혼은 임금 개인에 관한 문제가 아니었다.

국혼을 해서 빨리 원자를 낳아야 나라가 반석 위에 서는 것이다.

더구나 이혼이 임해군, 순화군, 정원군 등을 처형해 선조의 남은 아들은 의창군(義昌君), 인성군(仁城君) 두 명이 전부였다. 선조가 총애하던 신성군은 1592년 겨울에 행재소에서 병이 걸려 죽었다.

이런 상황에서 이혼이 급사한다면?

의창군과 인성군 둘 중 한 명이 다음 보위를 이어받을 텐데 이는 후사 없이 죽은 명종으로인해 방계이던 선조가 보위에 오르며 훼손당한 정통성을 더 해치는 결과를 불러올 것이 틀림없었다.

대신들은 이런 이유로 나라를 위해 국혼을 서두르라 주청한 것이다.

이혼은 손을 들었다.

"그 문제는 과인에게 시간을 조금 더 주시오!"

그 날 조회는 그렇게 끝이 났다.

대신들은 이혼이 함경도 피난 중에 요절한 중전을 잊지 못해 그러는 줄 알았으나 이혼은 사실 중전에 대해 특별한 감정이 없었다.

요절한 것은 애석한 일이었다.

그러나 그게 다였다.

그는 그녀와 대화해보거나, 심지어 만나본 적마저 없었다.

없는 정이 갑자기 생길 리 만무했다.

이혼이 국혼을 서두르지 않는 데에는 대신들에게 등을 떠밀려 억지로 국혼을 할 경우, 장차 외척이 발호하거나, 이를 이용해 권세를 쥐려는 당파가 생길지 몰라 저어하는 마음이 있어서였다.

지금은 서인과 북인, 남인 세 당파가 암중에서 권력투쟁

중에 있었다.

숫자는 서인이 그 중 가장 많았다.

동인이 정철의 건저의사건으로 남인과 북인으로 갈라서 는 바람에 온전한 당파를 유지하던 서인은 숫자 면에서 다른 당파에 앞섰다.

반면, 북인은 명분이 있었다.

곽재우, 정인홍, 조종도(趙宗道) 등 임진왜란 극복에 있어 주도적인 역할을 한 경상도 의병장들 중에는 이처럼 북인들이 많았다.

북인은 남명 조식과 화담 서경덕의 영향을 받은 문인이 주를 이루었는데 그 중 조식의 문하에서만 몇 십 명이 의병장으로 활약했다.

이런 점이 북인의 명분으로 작용했다.

마지막으로 남인은 이혼의 측근이라는 점이 가장 큰 장점이었다.

이혼을 도와 왜란을 마무리한 유성룡, 이원익, 김성일 등이 모두 남인이어서 이혼의 총애를 받는다는 장점이 유리하게 작용했다.

이들 세 당파는 물밑에서 치열한 암투를 펼쳤다.

포문을 연 당파는 열정이 지나쳐 과격한 면마저 있는 북인이었다.

북인은 선조를 지지하던 서인을 먼저 공격했다.

지금은 귀양 가있는 윤두수, 윤근수형제와 정철같은 서인들이 선조의 혜안을 가려 이혼과 선조사이를 중재하진 못할망정, 최악의 상황으로 치닫게 만들었다는 이유로 여러 차례 탄핵을 해왔다.

북인의 공세는 서인뿐만이 아니었다.

같은 당에서 갈려나온 남인 역시 공격 대상이었다.

북인은 남인의 영수 유성룡과 이원익, 우성전(禹性傳), 김성일 등이 왜국의 침략의지를 제대로 파악하지 못하는 바람에 초유의 국난을 겪었다며 북인 간원들을 동원해 남인 영수들을 계속 탄핵했다.

이에 남인과 서인 역시 공세를 시작해 당파싸움은 절정을 이루었다.

다만, 전과 다른 점이라면 이혼은 선조와 다르게 당파싸움을 이용해 권력을 강화할 필요가 없다는 점이었다. 이혼은 조정에 있는 어떤 대신보다 훌륭한 명분의 소유자였다. 임진왜란을 극복하는데 있어 가장 주도적인 역할을 한 사람이 이혼이었던 것이다.

또 하나는 이혼의 옆에 근위사단이 있다는 점이었다.

군권을 완벽히 장악해 정치적인 술수를 획책할 필요가 전혀 없었다.

이혼은 기축옥사나, 건저의사건처럼 당쟁을 통해 신하들의 힘을 약화시키는 대신, 그들이 경쟁하며 옳은 방향으로 나가게 만들었다.

이젠 대신들도 이혼의 성격을 알았다.

이혼은 그들이 상대를 탄핵해도 선조처럼 귀양에 처하거나, 사약을 보내지 않았다. 그저 실체적인 증거를 먼저 요구할 뿐이었다.

상대 당이 역모를 꾸몄다거나, 부패를 저질렀다는 확실한 증거가 없으면 이혼은 그런 탄핵들을 무시하며 피를 흘리지 않게 하였다.

당쟁의 격화는 기축옥사가 시발점이었다.

정철이 정여립의 역모와 동인을 엮어 죄 없는 동인을 대거 숙청하는 바람에 동인과 서인 사이에 메울 수 없는 간극이 생긴 것이다.

이혼은 지금부터는 당쟁으로 피를 보는 일이 없음을 천명하였다.

그러나 어쨌든 당의 목적은 정권을 독차지하는데 있었다.

이혼이 정치적인 목적의 탄핵을 허용치 않는다면, 남은 방법은 중전에 자기 사람을 앉혀 앞으로 태어날 세자와 가까워지는 방법이 최선이었다. 이혼은 그 점을 우려해 대신들의 주청을 무시했다.

조회를 마친 이혼은 처소에 돌아와 곰곰이 생각해보았다.

'그렇다고 대신들의 주청이 이치에 맞지 않는 것은 아니다. 중전을 빨리 맞이해 세자를 봐야지만 나라에 안정감이 더할 것이다.'

이혼의 머릿속에 순간적으로 미향의 얼굴이 떠올랐다.

미향이라면 세자의 어미로 괜찮을 듯싶었다.

그러나 미향을 중전으로 앉히겠다는 선언을 대신들에게 하는 즉시, 대신들은 물론이거니와 대비 역시 길길이 날뛸 것이 분명했다.

미향의 신분이 미천해 중전에 어울리지 않았던 것이다.

이혼은 좋은 방법이 없을지 생각해보았다.

한참 후에 간신히 쓸 만한 방법 하나가 떠올랐다.

반대로 하는 방법이었다.

조금 무식한 방법이지만 아들을 낳은 후 미향을 중전에 앉히는 방법이었다. 원자의 어미이니 대신들도 반대할 명분이 없을 것이다.

이 방법은 한 가지 조건이 필요했다.

미향이 아이를 잘 낳는 몸이어야만 가능했다.

그러나 그것을 알아보기 위해서는 직접 알아내는 수밖에 없었다.

결정을 내린 이혼은 쇠뿔도 단김에 뽑으라는 말이 불현듯 떠올랐다.

이혼은 즉시 조내관을 불렀다.

"가서 미향을 데려오시오."

"분부하실 일이 있으면 소인이나, 제조상궁을 불러 하명하시옵소서. 생각시가 전하 처소에 자주 드나들면 보기에 좋지 않사옵니다."

조내관의 말에 이혼은 웃으며 물었다.

"내 수청을 상선이 들겠다는 말이오?"

그제야 이혼의 무슨 뜻으로 미향을 불러오라 지시했는지 안 조내관은 헛기침을 하며 서둘러 물러갔다. 조내관의 걸음이 바빠졌다.

미향의 처소에 달려가던 조내관은 안도의 숨을 내쉬었다.

조내관은 사실 이혼이 여인에게 관심이 없는 거 같아 노심초사했다.

상선은 왕실의 안정을 위해 임금이 자식을 많이 낳게 만들어야했는데 이혼은 한창 나이임에도 여인을 좀처럼 침소에 부르지 않았다.

조내관은 자색이 뛰어난 궁녀를 뽑아 이혼 옆에서 수발들게 하였다.

이혼도 사내일 테니 미인들과 자주 마주치면 분명 마음이 동할 거라 내다보았는데 이혼은 언제나처럼 궁녀들에게는 관심이 없었다.

조내관은 뭐가 문제인지 곰곰이 따져보았다.

한데 마땅히 생각나는 이유가 없었다.

중전의 죽음을 슬퍼해서라기보다는 뭔가 다른 문제가 있는듯했다.

사실, 조내관은 그 이유를 알 방법이 없었다.

16세기말과 21세기의 미인상에는 확연한 차이가 있었다.

그런 상황에서 이혼에게 16세기에서 가장 아름다운 미녀들을 보여준다 한들, 이혼 눈에는 그저 다른 여인과 비슷해 보일 뿐이었다.

한데 이혼이 갑자기 첩지조차 받지 못한 생각시에게 관심을 보였다.

조내관은 이혼의 취향이 좀체 이해가지 않았다.

그의 눈에는 미향이 다른 여인보다 키만 클 뿐, 특별한 점이 없었다.

어쨌든 이혼이 여인에게 관심을 드러냈으니 누구인지는 상관없었다.

조내관은 급히 생각시를 관리하는 궁녀에게 달려갔다.

"미향이란 생각시를 불러주게."

궁녀가 조금 당황한 얼굴로 물었다.

"어, 어찌 미향을 찾으십니까?"

"전하께서 불러오라하시네. 어디에 있는가?"

"그게 저……."

뜸을 들이는 궁녀의 모습에 조내관은 직감적으로 느껴지는 바가 있었다. 궁녀는 제조상궁의 영역이지만 궁녀들과 수십 년을 같이 지내다보니 궁녀의 행태에 대해선 그가 누구보다 잘 알았다.

"괜찮으니 솔직히 말해보게. 자넬 탓하려는 게 아니야."

"나인들의 질투가 심해 잠시 집에 보냈습니다."

"알았네."

조내관은 서둘러 이혼에게 돌아가 사실대로 고했다.

정원 앞에 서서 만개한 꽃을 감상하던 이혼이 고개를 돌렸다.

"집에?"

"예, 전하. 기다리시면 소인이 사람을 보내 다시 불러오겠사옵니다."

조내관의 대답을 들은 이혼은 잠시 생각하다가 고개를 가로저었다.

"아니오."

"하오시면?"

"과인이 가서 데려와야겠소. 상선은 금군청에 통보해 채비해주시오."

조내관은 이혼 발밑에 엎드렸다.

"전하, 체통을 지키셔야하옵니다."

"상선, 과인이 비록 나이는 상선보다 어리지만 체통을

따져선 안 되는 경우가 더러 있다는 사실을 경험으로 배운 적이 있소. 이 일이 과인의 체통을 떨어트릴지는 모르겠지만 과인은 직접 가겠소."

이혼은 고집을 부려 기영도가 가져온 흑룡에 올랐다.

"미향의 집을 알아왔는가?"

"예, 저하. 소장이 안내하겠사옵니다."

"그럼 출발하지."

이혼은 고삐를 잡은 기영도가 이끄는 대로 몸을 맡기며 옛 기억을 떠올렸다. 10여 년 전 그는 누구보다 뜨거운 사랑을 했었다.

상대는 같은 대학에서 만난 무용과 여학생이었다.

여학생은 대학의 퀸카로 유명했다.

거기에 집안마저 아주 좋아 대학 1학년 때부터 정재계 인사들이 며느리로 삼으려던 여자였다. 한데 그녀가 선택한 사람은 별 볼일 없는 집안에 잘하는 것은 그저 공부 하나 밖에 없던 그였다.

두 사람은 뜨겁게 사랑했지만 그녀 집안의 반대가 아주 강했다. 심지어 드라마에서처럼 그녀의 모친이 그를 몰래 찾아와 헤어져달라며 상상조차 해본 적이 없는 거액을 제시한 일마저 있었다.

자존심이 강했던 그는 단칼에 거절한 채 그곳을 나왔다.

한데 그 일로 두 집안의 차이가 엄청나다는 것을 새삼

깨달았다.

그는 과연 어떻게 해야 그녀가 행복해질 수 있는지 고민해보았다.

오랫동안 고민해서 나온 결론은 헤어지는 것이었다.

좋은 집안에 좋은 학벌을 가진 그녀가 미래가 불투명한 자신과 결혼하기보다는 그보다 좋은 남자와 결혼하는 게 행복할 거 같았다.

그는 서둘러 미국유학수속을 밟았다.

다행히 대학성적이 좋아 오라는 대학은 많았다.

그렇게 유학을 결정한 그는 그녀에게 그 사실을 통보했다.

그가 미국으로 유학가기 전날, 집을 뛰쳐나온 그녀는 그와 함께 사랑의 도피를 원했지만 그는 그녀의 부탁을 단칼에 거절하였다.

그녀는 공항에서 하염없이 눈물을 흘렸다.

그러나 그는 돌아보지 않았다.

그게 그녀와의 마지막 만남이었다.

그 후에 그녀가 다른 남자를 만나 행복하게 산다는 말을 들었다.

나이가 들어서 그녀가 생각날 때마다 그는 자신의 결정을 후회했다.

다른 여자는 그녀만큼 사랑할 자신이 없었다.

이혼은 그와 같은 경험을 다시 하고 싶지 않았다.

그가 한 말대로 체통을 지키지 않아야할 때가 있는 것이다.

금군의 호위를 받으며 출발한 이혼은 곧 미향의 집 앞에 이르렀다.

따라온 조내관이 앞으로 나섰다.

"신이 들어가서 전하의 행차를 알리겠사옵니다."

"그럴 필요 없소."

흑룡 위에서 훌쩍 뛰어내린 이혼은 성큼성큼 걸어가 문을 두드렸다.

"게 있느냐!"

문이 삐걱 소리를 내며 열리더니 나이든 여인이 얼굴을 내밀었다.

"누구요?"

"미향을 만나러 온 사람인데 지금 집에 있소?"

"시장에 장을 보러 갔는데……. 누구라 전해드릴까요?"

"아니, 괜찮소. 가다리지."

이혼은 집 앞에 있는 미루나무 아래로 걸어가더니 털썩 주저앉았다.

조내관과 기영도가 깜짝 놀라 소리쳤다.

"옷이 더러워지옵니다."

"괜찮소. 시간이 걸릴 모양이니 다들 쉬도록 하시오."

이혼은 그늘 밑에 앉아서 더위를 식히며 지나가는 백성

들을 보았다.

도성은 다시 예전의 활기찬 모습을 되찾았다. 다만, 불에 탄 집과 무너진 다리가 전란이 끝난 지 얼마 지나지 않았음을 알려주었다.

'도성 복구는 시일이 걸리겠군.'

이혼이 도성복구에 대해 생각할 무렵.

장을 본 미향은 집으로 가기 위해 골목에 들어섰다가 깜짝 놀랐다.

말을 탄 관원들이 골목 입구를 지키는 중이었던 것이다.

미향은 관원 앞에 걸어가 인사하며 물었다.

"무슨 일인가요?"

"이 골목에 사시오?"

"예, 느티나무가 있는 집에 살아요."

"아!"

관원은 고삐를 채서 서둘러 길을 비켜주었다.

"어서 들어가 보시오!"

관원의 말에 고개를 갸웃한 미향은 서둘러 골목으로 들어가 보았다.

이유는 모르지만 왠지 가슴이 떨리기 시작했다.

얼굴은 이미 홍당무처럼 변했으며 온몸은 열기로 후끈거렸다.

절대 더워서 그런 게 아니었다.

혹시나 하는 마음에 둘러보는데 상선영감의 얼굴과 항상 이혼 옆을 떠나지 않는 금군청 대장 기영도장군의 얼굴이 연이어 보였다.

그 말은 주상전하께서 멀지 않은 곳에 있다는 말이었다.

골목을 나와 앞으로 걸어가니 느티나무 밑에 한 사람이 앉아 있었다.

마치 그쪽만 시간과 공간이 정지한 듯 한없이 느리게 보였다.

그때, 느티나무 아래 앉아 있던 사람이 천천히 일어났다.

"아."

미향의 입에서 탄성이 터져 나왔다.

그녀 앞에 이혼이 서있었다.

이혼은 미향의 손에 들려있는 바구니를 보며 물었다.

"시장에서 돌아오는 길이냐?"

"예, 전하. 한데 소녀의 집에는 어찌……."

"당연히 널 만나러왔지. 그건 찬거리인가?"

바구니에는 말라빠진 채소 몇 가지가 들어있었다.

"그렇사옵니다."

"그럼 온 김에 네가 만든 밥을 한 번 먹어봐야겠구나."

미향은 깜짝 놀랐는지 눈이 놀란 송아지처럼 커졌다.

"소, 소녀가 만든 밥을 말이옵니까?"

"왜 안 되느냐?"

"아, 아니옵니다. 어, 어서 들어오시옵소서."

미향은 서둘러 문을 열었다.

대문 뒤에 있던 나이든 여인이 미향에게 물었다.

"저 분이 한참 전부터 너를 기다리던데 대체 누구시니?"

"주상전하세요."

"아이고!"

화들짝 놀란 여인은 급히 엎드려 절을 올렸다.

많이 놀랐는지 몸을 사시나무처럼 떨었다.

절은 받은 이혼이 물었다.

"일어나게나."

"예, 전하……."

"미향의 집에 도움을 준다는 그 이웃집 아낙인가?"

"그, 그렇습니다."

"수고가 많군."

이혼은 고개를 끄덕이며 집 안을 둘러보았다.

방 하나에 작은 마당이 전부였다.

세간은 얼마 없는지 텅 비어있었다.

미향은 이혼을 마루로 안내하다가 깜짝 놀랐다.

어린 동생이 마루 위에서 낮잠을 자는 중이었던 것이다.

미향이 급히 동생을 깨우려는데 이혼이 그녀의 손을 잡았다.

"그냥 두어라. 어릴 때 많이 자두어야 나중에 키가 큰다."

"황, 황송하옵니다."

이혼은 마루에 앉아 서너 살 정도로 보이는 아이의 얼굴을 보았다.

처음 보았을 때는 젖을 갓 뗀 어린아이였는데 어느새 무럭무럭 자라 제법 머리가 굵어져있었다. 이혼은 세월이 빠른 것을 느꼈다.

미향은 부엌으로 곧장 들어가 밥을 짓기 시작했다.

생각시로 받는 돈이 많지는 않아도 입에 풀칠은 가능한 수준이었다.

조선시대에 여인이 돈을 벌 수 있는 방법은 몇 가지 없었다. 그 중에는 궁녀와 도화서 화원, 의녀와 같은 전문 직종들이 있었다.

얼마 지나지 않아 미향이 밥과 국, 그리고 반찬을 만들어 가져왔다.

재료는 부족하지만 아주 정갈한 솜씨였다.

몇 숟갈 뜬 이혼은 긴장한 표정으로 바라보는 미향을 보며 말했다.

"아주 맛있구나."

"다, 다행이옵니다."

밥을 깨끗이 비운 이혼은 미향이 가져온 숭늉으로 입가심을 하였다.

마침 잠에서 깬 미향의 동생은 자는 동안, 사람들이 늘어난 모습을 보더니 신기한지 상선이나, 기영도 등과 장난을 치기 시작했다.

　미향이 달려가 말리려는데 이혼이 급히 그녀의 팔을 잡았다.

　"그냥 두어라."

　"하오나 전하……."

　이혼은 미향의 동생을 불러 물었다.

　"이름이 무엇이냐?"

　그 질문은 쑥스러운지 얼른 미향의 치맛자락 뒤에 숨었다.

　미향이 얼른 대신 대답했다.

　"강용(姜勇)이옵니다."

　"용이?"

　"예, 전하."

　"하하, 재밌는 이름이군."

　껄껄 웃은 이혼은 웃음을 뚝 그치더니 손을 저었다.

　그 즉시, 주위에 있던 사람들이 모두 물러갔다.

　용이도 옆 집 아낙의 품에 안겨 잠시 자리를 피해주었다.

　조용해지기를 기다린 이혼이 미향에게 물었다.

　"궁으로 돌아올 의향이 있느냐?"

　미향은 지체 없이 바닥에 엎드려 대답했다.

　"예, 전하. 무슨 일이든 시켜만 주시옵소서. 성심을 다하겠사옵니다."

"그럼 과인의 수청도 들겠느냐?"

생각지 못한 말인지 미향의 얼굴이 다시 붉게 달아올랐다.

한참 후에 미향은 미세하게나마 고개를 끄덕였다.

너무 조금 움직여 다른 사람들은 알아채지 못했을 그런 승낙이었다.

"좋아."

이혼은 미향의 손을 잡아서 대문으로 걸어갔다.

그러며 기다리던 조내관에게 소리쳤다.

"이보시오, 상선! 용이는 오늘부터 행궁에서 살 것이오!"

"하오시면?"

"하하, 미향을 데려가겠소!"

"예, 전하."

상선은 얼른 옆집에 가서 용이를 데려왔다.

그때, 이혼은 미향을 흑룡의 안장에 앉힌 다음, 그 뒤에 올라탔다.

"가자!"

고삐를 당기니 흑룡이 다시 달리기 시작했다.

두 사람을 태웠어도 전혀 힘들어하는 기색이 없었다.

미향은 얼굴이 홍시처럼 붉어져서는 고개를 제대로 들지 못했다.

7장. 초야(初夜)

光海錄

7장. 초야(初夜)

그 날 밤, 이혼은 미향을 마주한 채 처소에 앉아있었다.

흔들리는 촛불 너머로 복사꽃처럼 아름다운 미향의 얼굴이 보였다.

수줍어하는 몸짓 속에서 남심(男心)을 흔드는 교태가 자르르 흘렀다.

이혼은 미향이 사랑스러워 견딜 수 없을 지경이었다.

비록 면사포를 씌워주지는 못했지만 오늘이 첫날밤임은 분명했다.

이혼 역시 떨리기는 매한가지였다.

경험이 없지는 않았지만 오늘처럼 떨리는 경우는 처음이었다.

'아무래도 술의 힘을 빌려야겠어.'

이혼은 앞에 놓여 있는 잔에 술을 따랐다.

그때였다.

미향이 길고 고운 손가락을 뻗어 이혼의 손을 잡았다.

"소녀가 따라드리겠사옵니다."

여전히 목소리는 작았지만 전과는 확실히 달라진 모습이었다.

전과 달리 그녀가 자기 의사를 분명히 전한 것이다.

이혼은 주전자를 잡은 손을 놓았다.

그리고 미향은 이혼이 놓은 주전자를 집어서 잔에 술을 따라주었다.

처음에는 사시나무처럼 떨리던 손도 이젠 평소처럼 돌아와 있었다.

오히려 그보다 미향이 먼저 안정을 찾았다.

이혼은 그녀가 따라준 술을 단숨에 들이켰다.

식도가 타는 듯한 느낌이 들더니 아랫배가 화끈 달아올랐다.

연달아 석 잔의 술을 입에 털어 넣은 이혼은 취기가 오르는 것을 느꼈다. 술은 묘약임과 동시에 마약이었다. 팽팽히 당겨져 있던 이성의 끈이 풀리며 대담하면서도, 적극적인 행동을 이끌어냈다.

이번에는 이혼이 직접 술을 한 잔 따라 미향에게 건넸다.

"그대도 한 잔 마시구려."

"소녀는 괜찮사옵니다."

"아니오. 마시는 게 좋소."

이혼의 강권에 술잔을 받아든 미향은 고개를 돌리고 조금 마셨다.

이혼은 고개를 저었다.

"다 마셔야하오."

미향은 하는 수 없이 잔에 든 술을 다 비웠다.

미향이 빈 잔을 내려놓으려는데 이혼이 얼른 그 잔을 집으며 물었다.

"어떤 곳에서는 술을 다 마셨는지 확인하는 방법으로 이렇게 한다오."

말을 마친 이혼은 잔을 거꾸로 집어서 머리 위에 털었다.

그 모습을 본 미향이 처음으로 이혼 앞에서 미소를 지었다.

"설마 그런 곳이 정말로 있겠사옵니까?"

"하하, 분명히 있다오. 아, 이런 것도 있지."

이혼은 두 잔에 술을 가득 따라서는 그 중 한 잔은 미향에게 주었다.

그런 다음, 서로의 팔을 교차한 상태에서 잔에 있는 술을 마셨다.

"이건 러브샷이라는 거요."

"왠지 남사스럽사옵니다."

"그렇소? 그럼 지금은 이렇게 마시는 게 더 어울리겠군."

급히 술잔의 반을 비운 이혼은 남은 술은 미향에게 건넸다.

"마시도록 하시오. 나와 그대의 성혼(成婚)을 축하하는 술이라오."

이혼의 말에 미향도 경건한 얼굴로 술잔을 받아서 단숨에 비웠다.

연달아 술을 석 잔 가까이 마신 미향은 딱딱하게 긴장해 있던 몸이 어느새 풀려있었다. 그리고 숨이 가빠오는지 달짝지근한 숨을 연신 토해냈다. 이혼도 이젠 더 이상 기다릴 여유가 없었다.

드르륵!

주안상을 옆으로 치운 이혼은 손을 내밀었다.

잠시 멈칫한 미향은 슬며시 손을 내밀어 이혼의 손을 잡았다.

이혼은 손을 당겨 미향을 품속에 안았다.

가녀린 체격이어서 품에 쏙 들어왔다.

그리고 머리카락에서 풍기는 향긋한 풀냄새와 부드러운 살결, 그리고 긴 팔다리가 몸을 감아왔다. 이혼은 미향의 얼굴을 응시했다.

미향도 이번에는 피하지 않고 이혼을 보았다.

이혼은 입술을 천천히 미향의 입으로 가져갔다.

누가 가르쳐준 것도 아닌데 미향은 작은 입술을 살짝 벌려 맞았다.

그렇게 시작한 뜨거운 입맞춤이 한동안 이어졌다.

그 사이 미향의 저고리와 치맛자락은 어느새 몸에서 떨어져나왔다.

이혼은 손과 입을 정신없이 놀리다가 미향을 보았다.

얼굴이 붉게 상기된 미향은 신음을 내며 작은 목소리로 부탁했다.

"촛불을……."

이혼은 촛불을 끄며 미향을 금침 위에 눕혔다.

마지막 남은 옷마저 떨어져나가며 미향은 실오라기차림으로 변했다.

이혼 역시 순식간에 맨 몸이 되었다.

"아!"

미향의 입에서 신음이 터지는 순간.

두 사람의 밤은 본격적으로 타오르기 시작했다.

세상에서 소문이 가장 빠르게 퍼지는 곳을 찾으려면 멀리 갈 필요가 없었다. 바로 임금이 거처하는 대궐이 그러한 곳이었던 것이다.

미향에 대한 소문 역시 빠르게 퍼져나가 다음 날 아침

에는 모르는 사람이 없었다. 내관은 다른 내관을 통해, 궁녀는 다른 궁녀를 통해 소문을 들었다. 그리고 대신들은 그런 내관과 궁녀들에게서 소문을 전해 들어 곧 조정이 발칵 뒤집어지기에 이르렀다.

조정의 분위기는 크게 두 가지로 나뉘었다.

유성룡을 포함한 남인은 이혼이 여자를 좋아한다는 사실에 일단 만족하는 듯했다. 이혼이 몇 년 동안 여인을 가까이 하지 않는 바람에 이혼이 혹시 남색(男色)하는 게 아니냐는 소문이 돌았다.

한데 이혼이 강씨(姜氏) 성에 미향이란 이름을 가진 생각시와 밤을 보낸 게 분명한 이상, 이제는 그런 걱정을 할 필요가 없어졌다.

반면, 서인과 북인은 이를 공세를 취할 기회로 보는 듯했다.

그들은 이혼이 소유한 군권에 눌려 저항조차 제대로 하지 못했다.

이혼이 지주와 토호들의 재산을 몰수해 농부들에게 나누어주었을 때, 서인과 북인 역시 엄청난 피해를 입었다. 이들 또한 기호지방과 경상도 남부지방에 엄청난 토지를 소유한 지주였던 것이다.

한데 이혼이 지주들의 농지를 몰수할 때, 그들 역시 지주라는 이유로 가진 토지를 모두 몰수당해 당의 근간이 흔들릴 지경이었다.

　조선을 건국한 신진사대부는 두 가지 길을 걸었다.

　권력을 쥔 신진사대부는 조정에 남아 요직을 독차지했다.

　그리고 권력을 쥐지 못한 신진사대부는 낙향해 지주나, 토호로 성장했다. 이들이 바로 사림의 전신이었다. 일반 백성에 비해 교육을 많이 받은 축에 속하던 사림은 이를 이용해 지방에서 주도적인 역할을 하며 지속적으로 재산을 늘리거나, 영향력을 확대했다.

　사림이 지방에 밀착해 차근차근 힘을 쌓아갈 무렵, 조정에 남은 신진사대부들은 이합집산을 반복하다가 결국 부패하기 시작했다.

　고인 물이 썩는 이치였다.

　이에 사림은 그 동안 쌓은 저력을 바탕으로 중앙정계에 진출했다.

　그 대표적인 사람이 바로 김종직(金宗直)이었다.

　김종직은 지금의 영남학파를 만든 학자로 성종의 총애를 받아 승승장구하며 자기 문하에 있는 제자들을 조정으로 많이 이끌었다.

　그러나 김종직이 죽은 후 그가 생전에 집필했던 조의제문(弔義帝文)이 발각당해 큰 풍파가 일어났다. 조의제문은 세조가 단종의 보위를 찬탈한 일을 비판하는 글이었는데 김종직의 제자 김일손(金馹孫)이 이를 몰래 사초에 적어 넣었다가 훈구파에게 발각 당했다. 훈구파는 바로 이를 당시 임금 연산군에게 고변해 가뜩이나 선비를 싫어하던 연산군에게 사화를 일으킬 명분을 주었다.

이게 바로 조선 최초의 사화, 무오사화(戊午士禍)였다.

이때, 김종직은 부관참시(剖棺斬屍)당했으며 조의제문을 사초에 적어 넣은 김종직의 제자 김일손 등은 극형에 처해졌다. 또, 정여창(鄭汝昌), 김굉필(金宏弼)이 김종직의 제자란 이유로 유배당했다.

무오사화로 조정에 진출한 사림은 큰 타격을 받았다.

이후, 갑자사화(甲子士禍), 기묘사화(己卯士禍), 을사사화(乙巳士禍)가 명종 때까지 이어지며 사림은 진출과 몰락을 반복했는데 마침내 선조대에 훈구파를 완전히 몰아낸 다음, 정권을 차지했다.

이처럼 사림이 끊임없이 중앙정계에 진출할 수 있었던 이유는 두 가지였다. 하나는 지식을 활용해 백성들에게 지속적으로 영향력을 끼친 점이었다. 삼강오륜(三綱五倫)과 같은 유교적 질서를 백성들에게 주입한 이들이 바로 사림이었다. 이처럼 지방에 확실한 지지기반이 있으니 무너져도 다시 일어나는 게 가능했다.

그리고 다른 하나는 엄청난 자금력이었다.

이들은 크든, 작든 지주였다.

지주란 자기 땅에 농사를 직접 짓는 대신, 땅이 없는 소작농에게 빌려준 다음, 거기서 나오는 소작료로 생활하는 이들을 가리켰다.

이처럼 생활전선에 뛰어들 필요가 없으니 학문을 닦는 게 가능했다. 아무리 뛰어난 학자도 먹고 살 방도가 없으면 일을 해야 하기 마련인데 이들은 소작료를 받는지라, 그럴 필요가 전혀 없었다.

그리고 이러한 학문은 그들이 과거를 통해 중앙정계에 진출할 수 있는 발판으로 작용했다. 원래 과거는 천인을 제외한 모든 양인에게 응시할 자격이 주어졌다. 실제로 양반이 아닌, 일반 백성이 합격한 예가 꽤 많았다. 물론, 이는 극히 드문 예에 해당했다.

대부분의 백성들은 가족들을 먹여 살리기 위해 생활전선에 뛰어들어야했는지라, 소작지를 가진 지주처럼 공부할 시간이 없었다.

결국, 이는 양반이란 특수한 계층, 즉 지주계층이 아니면 벼슬을 할 수 없다는 말과 같아 기득권의 대물림이 일상적으로 이뤄졌다.

한데 이혼이 이를 깨버렸다.

사림의 형성 기반이던 토지를 백성들에게 돌려주어 기득권을 유지하던 두 개의 축 중 하나가 허공 속으로 날아가 버린 셈이었다.

소작지에서 나오는 소작료가 없다면 권력의 대물림이

불가능했다.

부자는 망해도 3년을 간다는 말이 있지만 고작 3년일 뿐이었다. 그들이 수백 년간 대물림해온 부와 권력이 사라지는 순간이었다.

북인과 서인은 이혼의 조치에 분노했다.

그들 중 일부는 작년에 있었던 임해군, 순화군, 정원군의 난, 즉 삼군(三君)의 난에 직접 가담해 이혼의 조치에 반기를 들거나, 아니면 몰래 자금을 지원해 이혼의 조치를 철회하게 만들려하였다.

그러나 삼군의 난은 결국 이혼의 압승으로 끝났다. 엄청난 힘으로 단숨에 몰아붙여 난을 진압하는데 불과 3개월이 걸리지 않았다.

북인과 서인은 바짝 엎드려 삼군의 난에서 이어질지 모르는 숙청에 대비했다. 보통 이런 난이 끝나면 관계가 있든, 없든 간에 임금의 권위에 반한 자들을 일당으로 엮어 처리하는 게 관례였다.

한데 이혼은 그러지 않았다.

모두 불문에 붙인 채 더 이상 수사하지 않았다.

안심한 북인과 서인은 시간이 지날수록 언제 그랬냐는 듯 예전 버릇이 나오기 시작했다. 어떻게 해서든 임금을 압박하거나, 아니면 임금을 자기 당에 끌어들여 조정을 혼자서 독차지하려는 생각으로 가득했다. 그리고 그러기 위한 수단 중 하나가 국혼이었다.

한데 이혼이 산통을 철저히 깨버렸다.

출신조차 불분명한 생각시와 떡하니 동침한 것이다.

서인과 북인은 오랜만에 마음이 맞아 맹 공세를 취했다.

저녁을 먹으면 도승지 이덕형이 신하들이 올린 상소나, 지방에 부임한 고을 수령과 장수들이 올린 장계를 매일 정리해 가져왔다.

오늘 역시 상소를 가져왔는데 전과는 달랐다.

오늘은 이덕형이 승정원관원 세 명을 대동해야할 만큼 양이 많았다.

책상에 산처럼 쌓인 상소를 보며 이혼은 물었다.

"무엇에 관한 상소요?"

"송구하오나……."

"과인도 짐작하는 바가 있으니 솔직히 말해보시오."

"전하께서 생각시를 궁으로 데려온 일에 대한 내용인 줄 아옵니다."

이혼은 몇 개를 뽑아 읽어보았다.

이덕형의 말 대로였다.

이혼이 미향과 동침한 일을 성토하는 상소였다.

대부분은 선비답게 중국의 고사를 이용해 비판하는 상소가 많았는데 일부는 대놓고 중전이 없는 상황에서 궁녀도 아닌 일개 생각시와 동침한 일은 법도에 어긋난다며 성토하는 상소도 있었다.

"놓고 나가시오. 비답은 다음에 내려주겠소."

"예, 전하."

절을 올린 이덕형은 승정원으로 돌아갔다.

상소를 몇 개 더 읽어본 이혼은 쓴웃음을 지었다.

마치 누가 어떻게 쓰라고 방법을 가르쳐준 듯 내용이 모
두 같았다.

이혼은 더 이상 읽을 필요성을 느끼지 못했다.

'다시 기어오르려는 모양인데 이쯤에서 한 번 밟아줄
필요가 있겠어.'

결정을 내린 이혼은 조내관을 불렀다.

"상선, 게 있소?"

"찾아계시옵니까?"

"가서 강문우를 불러오시오."

"국정원장말이옵니까?"

"강문우말고 다른 사람이 있소?"

이혼의 심기가 심상치 않은 것을 본 조내관은 얼른 대답
했다.

"바로 대령하겠사옵니다."

조내관은 얼마 후 국정원장 강문우와 함께 돌아왔다.

조내관에게 차를 내오게 한 이혼이 방석을 주며 물었다.

"퇴청하지 않았소?"

"예, 전하. 처리할 일이 있어서 남아있었사옵니다."

"잘했군. 빨리 퇴청했으면 국정원장이 노는 것으로 알았을 것이오."

이혼의 말에 강문우는 식은땀을 한 방울 흘렸다.

이혼은 빙긋 웃었다.

"농담이오, 농담. 긴장하지 마시오."

"예, 전하."

"과인이 국정원장을 부른 이유는 왜국의 소식이 궁금해서요."

강문우는 가져온 서책 중 한 권을 이혼에게 건넸다.

"왜국의 동향을 조사해둔 서적이옵니다."

이혼은 받아서 읽어보았다.

도요토미 히데요시는 갈수록 광증이 심해지는 중이었는데 그 광증이 집착으로 이어져 조선정복에 대한 야욕을 전혀 꺾지 않았다.

이어 전쟁준비에 대한 내용이 적혀있었다.

항왜연대의 특수작전으로 입은 피해를 복구하는 중이었는데 쉽지 않은 듯 여러 곳에서 삐걱대기 시작했다. 도요토미 히데요시에게 전선을 추가 건조하라는 명을 받은 영주들의 불만이 대단했다.

이미 오사카성과 나고야대본영, 그리고 임진왜란 이렇게 세 번에 걸쳐 병력과 자금을 지원했는데 또 다시 자금을 지원하라 하니 죽을 맛이었다. 거기다 재침략이 늦어지며 나고야대본영에 대기 중이던 10만의 병력이 소비하는 군량만 해도 상상을 초월했다.

영주들의 불만은 곧 전쟁준비가 지지부진해지는 결과를 불러왔다.

이혼은 마음에 든 듯 책을 덮었다.

"북쪽은 어떻소?"

"건주의 누르하치가 세력을 빠르게 넓혀가는 중이옵니다."

"누르하치를 주시하시오. 이 자가 앞으로 우리의 가장 큰 적이오."

"명심하겠사옵니다."

국외의 정보를 보고받은 이혼은 은밀한 목소리로 물었다.

"일전에 말한 그것은 조사하는 중이오?"

강문우는 눈치가 빨라 그게 무언지 바로 알았다.

"거의 끝나가는 중이옵니다."

"언제쯤 볼 수 있소?"

"내일 보실 수 있도록 하겠사옵니다."

"좋소. 내일 가져오시오."

"알겠사옵니다."

대답한 강문우는 서둘러 국정원으로 돌아갔다.

이혼이 말한 자료를 완성하려면 아무래도 오늘밤을 새

야할 듯했다.

강문우를 돌려보낸 이혼은 혼자 곰곰이 생각해보았다.

'국청(鞫廳)을 열어서 본보기로 몇 명 잡아들일까?'

그러나 이내 고개를 저었다.

'아니다. 이는 세련되지 않은 방법이다. 그리고 괜히 국청을 열어 사람들을 동요시킬 필요도 없을 것이다. 그렇다면 뭐가 좋을까? 정보를 자연스럽게 흘려 알아서 꼬리를 말게 하는 방법이 좋을까?'

이내 결정을 내린 이혼은 조내관을 불렀다.

"부르셨사옵니까?"

"작년에 있었던 삼군의 난을 재조사한다는 소문을 주위에 내시오."

"소문을 말이옵니까?"

"소문이 항상 거짓은 아니오. 가끔은 진실을 말하는 경우도 있지."

침을 꿀꺽 삼킨 조내관은 얼른 대답했다.

"예, 전하."

조내관은 충실한 수하였다.

다음 날, 궁에 삼군의 난을 재조사한다는 소문이 퍼지기 시작했다.

궁에 출입하는 관원들은 이혼과 미향의 정보를 입수했던 방법대로 내관과 궁녀를 통해 삼군의 난을 재조사한다는 정보를 얻었다.

남인은 삼군의 난과 관련이 없어 안심하는 눈치였다.

남인의 영수 유성룡은 이혼을 따르기 전부터 이혼이 어떤 생각을 하는지 알아서 이혼이 그들의 땅을 몰수할 때 저항하지 않았다.

임란을 겪으며 이런 상태를 유지하다가는 치욕 밖에 없다는 것을 누구보다 잘 알았던 것이다. 이혼의 개혁이 실패할지, 아니면 성공할지 장담은 하지 못하지만 어쨌든 이혼의 개혁을 지지했다.

반면, 서인과 북인은 흠칫했다.

삼군의 난을 재조사하면 그들 중 무사할 자가 별로 없었다.

음으로, 양으로 삼군의 난을 지원했던지라, 재조사가 들어가면 당의 존속은 물론이거니와 가문마저 위험해질 가능성이 아주 높았다.

자고로 왕조국가에서 역모보다 중요한 사항은 없었다.

역모는 그 기미만 살짝 보여도 발본색원하여 뿌리를 뽑는 게 당연한 이치여서 역모당사자뿐 아니라, 가문마저 처벌을 피하지 못했다.

사내는 나이가 적든, 많든 관계없이 모두 목이 잘렸다.

그리고 여자들은 관기(官妓)나, 관노(官奴)로 전락하기 마련이었다.

서인과 북인의 영수들은 정치계에 수십 년을 몸담은 사람들이었다.

즉시, 이게 이혼과 미향의 일을 덮기 위한 술책임을 직감했다.

서인 영수 정철과 북인 영수 이산해는 서로 만나 밀담을 나누었다.

정철과 이산해는 서로 앙숙이었다.

정철은 기축옥사를 이용해 동인, 그 중에서도 북인을 대거 숙청했다. 그리고 이산해는 이를 복수하기 위해 건저의 사건을 일으켜 정철을 유배 보냈던 전력이 있어 그야말로 남보다 못한 사이였다.

그러나 정치인이 그렇듯 이해관계가 맞을 때는 다시 뭉칠 수 있었다.

윤두수형제가 귀양가있는 지금, 서인을 영도할 책임이 있는 정철과 북인의 영수를 자처하는 이산해는 서로의 이해를 위해 만났다.

성격이 급한 이산해가 먼저 말문을 열었다.

"어떻게 생각하시오?"

"뭐가 말이오?"

정철의 능구렁이 같은 답변에 이산해가 못마땅한 기색을 내비쳤다.

"전하의 본심이 뭐일 거 같소?"

"좌상대감은 어찌 생각하시오?"

"자꾸 질문을 질문으로 받을 거요?"

이산해의 질책에 정철은 술을 마셨는지 불쾌해진 얼굴로 대답했다.

"그야 허세가 아니겠소?"

"허세라……. 그렇게 생각하는 이유가 무엇이오?"

"이미 1년 가까이 지난 일인데 그 증거가 남아있겠소?"

"정말 그렇게 생각하오?"

"사람은 세상을 떠난 지 오래고 문서는 불에 타서 재로 변했소. 아무리 뒤져봐도 나올 게 없는데 사서 걱정할 필요가 무에 있겠소?"

정철의 대답에 이산해는 수염을 쓰다듬었다.

"그럼 대감은 이번에 주상전하께서 삼군의 난을 다시 거론한 일이 생각시 때문에 막다른 길에 몰려서 벌인 짓이라 생각하는 것이오?"

"그렇지 않겠소?"

이산해가 탁자를 손가락으로 두드렸다.

"그럼 서인은 공세를 계속할 거라는 의미로 받아들여도 괜찮겠소?"

"우리야 북인이 먼저 백기투항 해준다면 나쁠 게 전혀 없소."

"이길 수 있겠소?"

"이길 수 있는 게 아니라, 반드시 이겨야하오. 지금 주도권을 잡아놓지 않으면 주상전하께서 다음에 무슨 일을 벌일지 어떻게 알겠소?"

탁자를 두드리던 이산해의 손가락이 딱 멈췄다.

"토지몰수가 끝이 아니라는 말이군. 대감은 들은 게 있는 모양이오?"

정철도 이때만은 진지한 표정을 지었다.

"전하께서 강상의 도리마저 건드린다면 대감은 참을 수가 있겠소?"

"강상의 도리라니 그게 무슨 말이오?"

강상(綱常)의 도리는 조선 사회의 근간인 삼강오상(三綱五常)을 가리켰다. 삼강의 강과 오상의 상을 합쳐 강상(綱常)이라 하였으며 강상의 도리를 지켜야지만 사람다운 도리를 하는 것으로 보았다.

삼강은 군위신강(君爲臣綱), 부위자강(父爲子綱), 부위부강(夫爲婦綱)으로 군위신강은 임금과 신하 사이에 지켜야할 도리, 부위자강은 부모와 자식 사이에 지켜야할 도리, 부위부강은 부부사이에 지켜야할 도리를 각각 가리켰으며 오상은 사람과 사람 사이의 모든 도리에 관한 말인데 인의예지신(仁義禮智信)을 지칭했다.

이산해의 질문을 받은 정철이 습관적으로 주위를 둘러보며 답했다.

"남인에게서 흘러나온 소문인데 전하께서 노비를 해방할 거란 말이 세간에 떠도는 모양이오. 노비가 주인과 동등한 위치에 선다면 그게 바로 강상의 도리를 해치는 일이 아니고 무엇이겠소이까?"

이산해 역시 펄쩍 뛰었다.

"그건 절대 안 될 말이오."

정철이 목소리를 더 낮춰 말했다.

"이번 일은 우리가 패할 수 없는 싸움이오. 칼자루를 쥔 셈이지. 아무리 주상전하의 군권이 강하다 해도 우리가 들고 일어난다면 어찌 버티실 수 있겠소? 밑에서 일을 해줄 사람이 없는데 말이오."

"으음."

이산해와 윤두수 두 명은 이번 일을 같이 하기로 결정했다.

막나가는 이혼을 견제하기 위해선 두 당이 힘을 합칠 필요가 있었다.

그리고 이혼의 총애를 받는 남인 역시 이번에 밟아둘 계획이었다.

북인과 서인은 끊임없이 상소를 올려 이혼을 괴롭혔다.

그래도 듣지 않으면 연좌시위에 나설 가능성마저 은연중에 비쳤다.

또, 대간들을 움직여 남인을 공격했다.

임진왜란의 책임이 남인에게 있으니 이참에 벌해야한다는 것이었다.

이혼은 도승지 이덕형이 가져온 상소를 보며 미간을 일그러트렸다.

'이 자들이 아직 정신을 못 차렸군.'

화가 난 이혼은 강문우를 불렀다.

"자료는?"

"완벽하옵니다."

"증인은 어떻소?"

"그 또한 완벽하옵니다."

강문우의 대답에 이혼은 지체 없이 금군청 대장 기영도를 불렀다.

"국정원의 협조를 받아서 역모를 꾀한 죄인들을 당장 잡아들여라!"

"예, 전하."

군례를 취한 기영도는 즉시 대역죄인 명단을 받아들였다.

서인 다섯 명, 북인 다섯 명으로 모두 중간급 위치의 간부들이었다.

이혼은 이어 형조판서 기자헌을 불렀다.

"찾으셨사옵니까?"

"형판은 지금 당장 국청을 준비하시오."

이혼의 말에 기자헌은 깜짝 놀라 물었다.

"무엇에 대한 국청이옵니까?"

"삼군의 난 때 역적을 도운 대역 죄인들을 추포해와 국문할 것이오!"

"예, 전. 전하."

몸을 한 차례 부르르 떤 기자헌은 급히 국청을 준비하기 시작했다.

기영도는 금군청 군관을 대거 동원해 역적을 잡아들이기 시작했다.

얼마 후, 형조가 마련한 국청장에 죄인들이 하나둘 끌려왔다.

이혼은 국청장에 삼정승과 육조판서 등 당상관 대신을 모두 불렀다.

국청장에 도착한 정승과 판서들은 모두 불안한 눈치였다.

그들은 이미 기축옥사를 경험해 국청이라면 지긋지긋하였다.

한데 이혼이 갑자기 국청을 몇 년 만에 재개한 것이다.

이혼이 미향의 일을 조속히 마무리 짓기 위해 허장성세(虛張聲勢)를 꾸미는 줄 알았는데 그게 아닌 모양이었다. 이혼이 잡아들이라 명한 관원들은 모두 삼군의 난 때 북인과 서인 영수들의 명을 받아 반란군을 지원했던 일의 핵심에 해당하던 자들이었다.

확실한 정보가 없으면 이렇게 콕콕 집어낼 수 없었다.

물론, 가장 당황한 사람은 이산해와 정철이었다.

기영도의 호위를 받으며 자리에 앉은 이혼은 기자헌을 다시 불렀다.

"이건 저들의 죄를 적어놓은 문서요. 이 문서를 토대로 심문하시오."

이혼이 준 문서를 넘겨보던 기자헌은 깜짝 놀랐다.

문서 안에 북인, 서인이 반란군에게 자금을 지원한 내용과 반란군 수뇌를 만나 회동한 사항 등이 날짜별로 빼곡하게 적혀있었다.

"뭐 하시오? 어서 국문을 시작하시오!"

"예, 전하!"

이혼의 재촉에 기자헌은 얼른 국문에 들어갔다.

"나장(羅將)들은 죄인을 데려와 형틀에 묶어라!"

잠시 후, 죄인들이 포승줄에 묶인 채 줄줄이 국청장으로 끌려왔다.

기자헌은 바로 문서를 보며 죄인들을 심문했다.

"죄인은 임해군을 만나 화약과 자금을 댄 일이 있느냐?"

죄인은 즉시 항변했다.

"억울하옵니다! 신은 죄가 추호도 없사옵니다! 이 모두 남인이 신을 무고하여 일어난 일이니 남인에게 먼저 죄를 물으시옵소서!"

"네 놈이 죄를 자복치 않겠다면 어쩔 수 없지."

기자헌은 형조 형관을 불러 명했다.

"증인을 데려오라!"

잠시 후, 노복 한 명이 안으로 들어왔는데 겁에 질린 모습이었다.

형틀에 묶여 있던 죄인은 노복을 보더니 몸을 사시나무처럼 떨었다.

"네, 네 놈이!"

노복은 급히 고개를 돌리며 모른 체 하였다.

기자헌은 지체 없이 노복에게 물었다.

"너는 이름이 무엇이냐?"

"개, 개똥이옵니다."

"하는 일이 무엇이냐?"

"저, 저기 있는 죄, 죄인의 집에서 종노릇을 하였사옵니다."

"네가 죄인이 직접 써준 서찰을 가지고 임해군을 만난 적이 있느냐?"

모두의 시선이 노복의 입을 향했다.

그때, 노복이 고개를 끄덕였다.

"그, 그렇사옵니다. 쇤네는 작년에 임해군을 만난 적이 있사옵니다."

노복의 대답이 끝나기 무섭게 죄인이 소리쳤다.

"거, 거짓이옵니다! 저, 저 놈은 신의 집에서 재물을 훔쳐 신이 쫓아냈사온데 그 일에 앙심을 품고 거짓 고변을 하는 것이옵니다!"

기자헌이 호통을 쳤다.

"그래도 죄를 자복치 않겠다면 증인을 더 불러주마!"

이윽고 증인들이 줄줄이 들어왔는데 모두 죄인과 함께 반란군을 만났거나, 아니면 서찰을 전해주러 갔던 수하와 하인들이었다.

죄인은 그 모습을 보더니 입을 다물었다.

그리고 이혼 옆에 서있는 정철을 잡아먹을 듯이 노려보았다.

마치 자신을 왜 구해주지 않느냐는 눈빛처럼 보였다.

정철은 애써 시선을 외면하려 애썼다.

그렇게 열 번의 국문이 끝났을 무렵.

죄인들은 그저 살려달라고 비는 수밖에 다른 방법이 없었다.

국정원이 치밀하게 준비한 증거를 뒤집을 방법이 없었던 것이다.

이혼은 냉정한 표정으로 그들을 보았다.

'허장성세는 그게 허장성세가 아닐 때에야 비로소 통하는 법이지.'

국청장의 불은 밤새 꺼지지 않았다.

8장. 수확의 계절

光海錄

8장. 수확의 계절

이혼은 작년에 누가 봐도 무리인 토지몰수, 무상분배를 추진했다.

재산을 어떤 식으로 모았든, 그게 설사 불법을 저질러 모았다곤 해도 가진 것을 내놓으라하면 누구나 저항하는 게 세상의 이치였다.

이혼 역시 이를 모르지 않았다.

그러나 이혼은 강력한 군권을 앞세워 이를 추진했다.

그 결과, 마치 기다렸다는 거처럼 이혼이 무서워 지방으로 도망쳤던 왕자들을 새로운 임금으로 추대해 곳곳에서 반란이 일어났다.

이혼은 처음부터 이를 이용할 계획이었다.

그래서 국정원장 강문우에게 이들을 조사하라는 명을 내렸다.

국청장에서 사용한 증거들이 모두 그때부터 모아온 증거들이었다.

증인 역시 마찬가지였다.

설득과 회유 등을 통해 포섭한 증인들을 지금을 위해 감추어두었다.

이를 몰랐던 서인과 북인은 역풍을 맞기 일보직전이었다.

죄인들의 입에서 그들의 이름이 나오는 순간, 같이 몰락하는 것이다.

몸이 단 서인과 북인은 대비를 찾아가서 살려 달라 애걸복걸했다.

대비는 지아비 선조가 생전에 서인과 북인에게 의지하던 바가 커서 모른 체하지 못했다. 즉시, 이혼을 찾아와 대신 구명을 하였다.

"나라가 전란을 벗어난 지 얼마 지나지 않았는데 여기서 다시 국청을 열면 혼란이 생길 것이오, 주상. 이번 일은 덮어주시구려."

"그들이 대비마마께 부탁을 한 모양이군요."

대비가 한숨을 쉬었다.

"그래도 옛 정이 있는데 어찌 생목숨이 사라지는 것을

 7

두고 볼 수 있겠소. 주상, 이 어미를 생각해서라도 한번만 용서해주시구려."

이혼은 한참 생각하다가 고개를 끄덕였다.

"삼군의 난 재조사는 일단 중지하도록 하겠습니다."

"고맙소, 주상."

대비는 이혼의 손을 잡으며 눈물까지 글썽였다.

이혼은 대비의 손을 어루만지며 고개를 저었다.

"대비마마께서 그러실 필요 없습니다."

대답한 이혼은 처소에 돌아와 형조판서 기자헌을 불렀다.

"지금 잡아들인 죄인들만 조속히 처리하도록 하시오."

"예, 전하."

기자헌은 시키는 대로 여죄를 더 이상 추궁하지 않았다.

며칠 후, 이혼의 재가를 받은 기자헌은 죄인 열 명과 그들을 도운 수하, 노복,, 문지기 등 30여 명의 처리를 일사천리로 진행하였다.

죄인은 처형장에 보내 모두 참수했으며 그들을 도운 관련자들은 그 죄의 경중에 따라 관노로 삼거나, 아니면 곤장을 치게 하였다.

또, 죄인의 가문이 가진 재산은 모두 몰수해 반란을 진압할 때 전사했거나, 아니면 공을 세운 병사와 가족들에게 다 나누어주었다.

이혼의 전격적인 결정으로 화를 피한 서인과 북인은 꼬리를 말았다.

미향의 일이나, 남인을 치죄하는 등의 일을 더 이상 거론하지 않았다.

아니, 못했다.

이혼이 정보를 또 감췄을 가능성이 있어 조심스러울 수밖에 없었다.

미향과의 관계를 인정하게 만든 이혼은 정사 대부분을 영의정 유성룡과 좌의정 이산해, 그리고 우의정 정철 세 명에게 일임했다.

임금의 재가가 꼭 필요한 일이 아니면 이혼은 대부분 강남에서 농장의 일을 살피거나, 아니면 용산에 있는 비료공장에 다녀왔다.

장마철은 일단 무사히 넘겨 농장의 벼는 무럭무럭 자라는 중이었다.

농장에서는 지금 수십 종류의 벼를 재배했다.

농업연구원 원장 김막동의 지휘아래 조선이 기르던 논벼, 밭벼, 조생종, 중생종, 만생종 가릴 거 없이 모든 품종을 모아 교배했다.

쉬운 일은 당연히 아니었다.

과학기술이 극도로 발전한 21세기에도 쉽지 않은 일이 바로 새로운 품종의 개발이었다. 유전학과 품종학을 배우더라도 원하는 품종을 얻기가 어려워 운이 따라야지 간신히 성공하는 수준이었다.

한데 이혼은 이런 일을 16세기에 하려하였으니 당연히 쉽지 않았다.

더구나 생명공학은 그의 장기가 아니었다.

결국, 장마가 끝나기 무섭게 재배하던 신품종 중 반이 죽어버렸다.

너무 웃자라서 벼 줄기가 중간에 부러지거나, 아니면 병충해에 약해서 전염병이 돈 다음, 근처에 있는 모든 벼가 누렇게 떠버렸다.

이혼은 닷새에 한 번은 꼭 농장에 들러 연구 진척사항을 살폈다.

가게에 주인이 매일 출근하지 않으면 가게가 얼마 가지 못하는 거처럼 이혼 역시 농장에 거의 매일 출근해 진척사항을 계속 살폈다.

농업연구원의 원장 김막동이 풀죽은 얼굴로 보고했다.

"서른다섯 개의 품종 중에 반이 죽어 열여섯 품종만 남았사옵니다."

"추수 때는 그 중 얼마나 남을 거 같은가?"

"솔직히 말씀드리면 그 중 열 품종만 남아도 성공이라 보옵니다."

"으음."

이혼은 김막동과 함께 품종실험연구소 옆에 있는 농장을 방문했다.

이 농장은 새로운 농법을 시험하기 위한 농장이었다.

새로운 농법이란, 비료와 퇴비의 배합비율 등을 가리켰다.

비료와 퇴비를 많이 준다고 벼가 잘 자라는 것은 아니었다.

오히려 적당한 비율을 찾지 못하면 죽어버리는 게 바로 작물이었다.

이혼은 이 배합비율을 알아내기 위해 이곳에서 시험했다.

또, 제초기, 펌프 등 농사에 필요한 농기구의 개발 등을 시험해보는 곳으로 사용하였다. 여기서 실용성을 인정받으면 바로 대량제작에 들어가 경기도에 있는 농부들에게 보급해줄 계획이었다.

이혼은 행궁과 농장을 오가는 게 번거로워 농장 인부들의 처소와 조금 떨어진 한적한 장소에 방 두 칸짜리 아담한 집을 건설했다.

오늘도 이틀 예정으로 농장에 들러서 김막동을 비롯한 농업연구원의 연구원들과 신품종에 대해 연구한 이혼은 농장 처소를 찾았다.

농장 사람들을 신경 쓰게 하기 싫어 청소와 밥을 짓는

일, 또 방에 불을 지피는 일을 모두 행궁에서 나온 궁인들이 하였는데 그 중에 미향이 끼어있었다. 미향은 이혼과의 관계를 인정받은 후에 바로 상궁 직첩을 받아 내명부(內命婦)의 정 5품 벼슬에 올랐다.

상궁에는 종류가 많았다.

상궁의 우두머리에 해당하는 제조상궁(提調尙宮)을 비롯해 아리고상궁(阿里庫尙宮), 지밀상궁(至密尙宮), 보모상궁(保姆尙宮), 시녀상궁(侍女尙宮) 등이 있었는데 상궁 간에 격차는 있지만 내명부의 품계는 모두 정 5품 상궁으로 동일했다. 상궁의 우두머리에 해당하는 제조상궁부터 막내 상궁까지 모두 품계가 같은 것이다.

상궁이 더 높은 품계로 올라가기 위해선 반드시 임금의 승은을 입어야했다. 운이 좋아 임금의 아들을 낳는다면 정 1품 빈(嬪)으로 승격이 가능해 이제는 누구도 미향을 함부로 대하지 못했다. 지금은 상궁에 불과해도 나중에는 정 1품 빈이 가능한 것이다.

저녁을 먹은 이혼은 미향과 산책을 나왔다.

낮에는 농장에서 일하는 인부들이 오가는 길이지만 밤에는 훌륭한 산책로로 변해 그곳을 걸으며 미향과 오붓한 시간을 보냈다.

이혼은 끝이 보이지 않는 논 앞에서 걸음을 멈추었다.

다 자란 벼들이 노랗게 익어가며 농부의 수확을 기다리

는 중이었다.

이제 막 늦여름에 접어들었는지라, 뜨거운 바람과 시원
한 바람이 번갈아 불어오며 낮의 더위에 지친 몸을 부드럽
게 안아주었다.

바람이 불때마다 벼들이 녹색 파도가 치듯 출렁거렸다.

달빛이 논을 파랗게 물들여 더 그렇게 보이는듯했다.

파란 달빛과 초록색으로 빛나는 논, 그리고 바람이 불어
올 때마다 차르륵 소리를 내며 파도치는 벼들이 아름다운
광경을 연출했다.

이혼은 고개를 돌려 미향을 보았다.

미향 역시 처음 보는 광경인지 풍광에 흠뻑 빠져있었다.

이혼은 왠지 모르게 뿌듯한 마음이 들었다.

"올해는 풍년이라더군."

고개를 돌린 미향은 하얀 이가 드러날 만큼, 모처럼 미
소를 지었다.

"다행이옵니다."

"그렇소. 정말 다행이오. 이제야 백성들에게 면이 좀 서
는 듯하오."

이혼은 내친 김에 논이 잘 보이는 곳에 자리를 폈다.

"여기서 잠시 쉬도록 합시다."

"예, 전하."

미향은 소주방에서 가져온 술과 안주를 꺼내 펼쳐놓

앉다.

주위를 둘러보던 이혼의 눈에 기영도와 정말수, 그리고 조내관 등이 보였다. 기영도는 호위를 위해서, 정말수와 조내관은 수발을 들기 위해 같이 동행했는데 모처럼 좋은 분위기를 망치는 듯했다.

이혼은 조내관에게 눈짓으로 잠시 물러나있으라는 지시를 내렸다.

눈치가 100단인 조내관은 그 즉시 기영도와 정말수에게 신호를 보내 이혼과 미향이 단둘이 있을 수 있도록 조금 뒤로 물러났다.

그제야 마음을 놓은 이혼은 미향이 건넨 술잔을 받아 쭉 들이켰다.

풍광이 좋아서 그런지, 아니면 미녀가 따라주는 술이어서 그런지 이유는 모르겠지만 술맛이 아주 달콤해 술이 부드럽게 넘어갔다.

"좋군."

"안주도 같이 드시옵소서."

"고맙소."

이혼은 미향이 집어준 안주를 먹으며 행복을 느꼈다.

임진왜란은 물론이거니와 그 다음에 있었던 선조와의 분쟁, 그리고 토지분배와 농사개혁 등 여러 가지 일을 정신없이 하느라, 항상 긴장해 있었는데 그 긴장이 오랜만에 풀리는 느낌을 받았다.

"당신도 한 잔 받구려."

"소첩은 괜찮사옵니다."

"한 잔 받으시오. 혼자 대작하는 데에 무슨 재미가 있겠소."

"그럼 딱 한 잔만 받겠사옵니다."

고개를 돌린 미향은 이혼이 따라준 술을 입에 가져갔다.

이혼은 그 모습을 뜨거운 열기가 가득한 눈으로 지켜보았다.

백합처럼 하얀 목덜미와 붓으로 그린 듯한 부드러운 턱선, 그리고 언뜻언뜻 보이는 분홍빛 작은 입술이 사내의 마음에 불을 지폈다.

"당신은 참 아름답구려."

"부끄럽사옵니다."

얼굴을 붉히는 미향의 모습마저 사랑스러웠다.

이혼은 자신도 모르는 사이에 그녀를 끌어당겨 품에 안았다.

깜짝 놀란 미향은 급히 주위를 두리번거렸다.

"사, 사람들이 보옵니다."

"하하, 좀 보면 어떻소. 우리가 나쁜 짓을 하는 게 아닌데."

"전, 전하."

이혼은 부끄러워하는 미향의 얼굴을 들어 입술을 맞추었다.

처음에는 조금 빼던 미향도 시간이 지나니 몸에 힘을 풀었다.

쏟아지는 달빛아래서 초록색 논을 배경으로 두 사람은 입맞춤을 나누었다. 이혼은 서른이 이제 코앞이라 한창 원기 왕성할 나이였다. 그리고 미향 역시 이제 약관이 코앞이라 눈을 뜰 나이였다.

이혼은 얼른 일어났다.

"이제 그만 돌아갑시다."

"예, 전하……."

수줍게 대답한 미향은 가져온 돗자리와 술병 등을 주섬주섬 챙겼다.

그 날 밤, 두 사람은 처음 밤을 보냈을 때처럼 뜨거운 밤을 보냈다.

몇 번이나 타올라 밤을 하얗게 지새웠다.

모두가 곤히 잠든 새벽, 이혼은 저절로 눈이 떠졌다.

이런 일은 좀체 없었다.

고민으로 인해 잠이 들기 어려워 그렇지 한 번 잠을 자면 숙면을 취하는 게 어린 시절부터 붙여온 습관이었다. 틈틈이 자는 것보다 길게 숙면을 취하는 게 아침에 머리를 맑게 해주는 비법이었다.

한데 오늘은 새벽같이 눈이 떠졌다.

고개를 살며시 돌린 이혼의 눈에 새근거리며 자는 미향이 보였다.

어젯밤에 이혼의 무리한 요구를 받아주느라, 많이 지친 모습이었다.

평소에는 잠자리를 한 후에 맨몸으로 누워있는 게 부끄러운지 저고리와 치마를 꼭 챙겨 입었는데 어제는 그대로 곯아떨어졌다.

이불 밖으로 살며시 드러난 어깨와 봉긋한 젖무덤이 하얗게 빛났다.

이혼은 다시 아랫배가 뜨거워지는 것을 느꼈다.

그러나 이내 고개를 저었다.

굳이 자는 미향을 깨워가며 욕구를 채울 생각은 없었다.

미향이 깨지 않게 조심스럽게 이불을 빠져나온 이혼은 이불을 끌어당겨 덮어주었다. 그러고 나서 옷을 챙겨 입어 밖으로 나왔다.

어제 낮에 대지를 달구었던 열기는 거의 다 빠져나가 시원한 바람이 북쪽에서 불어왔다. 이제 보름만 지나면 추수의 계절이었다.

이혼은 기대가 자못 컸다.

1년 동안 정성을 들여 키운 벼들에게서 소출이 얼마나 나오는지에 따라, 이혼의 농업개혁에 대한 전망이 전혀 달라지는 것이다.

다행히 어제 풍년이라는 말을 들어 불안이 조금 가셨다. 그렇지 않았으면 추수를 하기 전까지는 계속 불안감에 시달렸을지 몰랐다.

팔짱을 낀 채 동이 터오는 순간을 느긋하게 지켜보던 그때.

콰아앙!

엄청난 폭음이 한강 쪽에서 들려왔다.

폭음은 그 한 번으로 그치지 않았다.

마치 폭탄이 연폭하듯 크고 작은 굉음이 10여 차례에 걸려 들렸다.

이혼은 깜짝 놀라 주위를 둘러보았다.

소리를 들었는지 숙직을 서던 내관과 금군청의 군관들이 뛰어와 이혼 주위를 에워쌌다. 어떤 군관은 이미 칼을 뽑은 상태였다.

이혼의 가슴이 덜컥 내려앉았다.

'혹시 변란이 일어난 걸까?'

이혼이 농장에 들른 틈을 이용해 반란을 일으키지 말란 법이 없었다.

덜컹!

처소의 방문이 열리며 겁에 질린 미향의 얼굴이 보였다.

자다가 굉음을 들었는지 무척 놀란 모습이었다.

이혼은 여기서 자기가 당황하면 좋을 게 없다는 생각이 문득 들었다.

심호흡을 한 이혼은 담담한 음성으로 명을 내렸다.

"금군청 대장은 일어나는 즉시, 한강에 올라가 굉음이 난 이유가 무엇인지 알아오게 하여라. 그리고 상선은 떠날 준비를 서두르라 전하라. 또, 동부승지에게는 도성의 상황을 알아보도록 하여라."

"예, 전하."

명을 받은 금군과 내관들이 사방으로 흩어졌다.

잠시 후, 조내관은 이혼과 미향이 바로 움직일 수 있도록 채비를 마쳤으며 금군청 대장 기영도는 급히 말에 올라 한강으로 떠났다.

또, 동부승지 정말수는 배에 올라 도성으로 출발했다.

이혼은 초조함을 애써 감추며 겁에 질린 미향을 위로했다.

"별 일 아닐 것이니 걱정하지 마시오."

"하지만 너무 두렵사옵니다……."

"곧 소식이 올 것이오."

이혼의 말대로 얼마 지나지 않아서 기영도가 먼저 돌아왔다.

쉼 없이 달려왔는지 잠시 거친 숨을 토해내던 기영도가 보고했다.

"폭발은 용산 비료공장에서 일어난 것으로 보이옵니다."

"테러, 아니 적의 기습인가?"

이혼은 다급한 마음에 이들이 모르는 용어를 썼다가 얼른 바꾸었다.

"조금 더 알아봐야할 듯하옵니다."

"그럼 사람을 보내 어서 알아보도록 하게."

"예, 전하!"

군례를 취한 기영도는 부하를 한강 너머에 보내 상황을 알아보게 하였다. 기영도 자신은 혹시 있을지 모르는 적의 기습에 대비하여 이혼과 미향 두 사람을 지키는 임무를 다시 맡기 시작했다.

기영도가 보낸 사람보다 동부승지 정말수가 먼저 돌아왔다.

"도성과 조정 모두 새벽의 폭발소리에 깜짝 놀란 듯 보였사옵니다."

"조정의 분위기는 어떻소?"

"숙직하던 관원을 중심으로 사태를 파악하기 위해 분주히 움직이는 중이었사옵니다. 또, 일부는 폭발이 일어난 데로 향했사옵니다."

"수고했소."

"아니옵니다."

정말수가 조내관이 건넨 수건으로 흥건한 땀을 닦을 무렵.

마침내 기영도의 부하가 돌아왔다.

부하에게 몇 가지 물어본 기영도가 돌아와 보고했다.

"적의 공격은 아닌 듯 보이옵니다."

"그런가?"

"예, 전하. 비료공장에 있는 반응로 하나가 새벽에 폭발하는 바람에 근처에 있던 다른 반응로들이 같이 폭발한 것으로 보이옵니다."

"그럼 현재 상황은 어떤가?"

"독한 연기가 가득한데다, 불길이 잡히질 않아 고생하는 듯했습니다."

반응로는 굴뚝처럼 생긴 질소고정기로 여기서 암모니아를 생산했다.

비료공장에서는 이 암모니아를 다시 정제하거나, 가공해 비료와 화약 두 가지를 생산하는 중이었는데 반응로 하나가 터진 것이다.

하나야 괜찮은데 주위에 있던 반응로들로 불길이 번진 모양이었다.

이유야 추후 조사를 해봐야겠지만 일단은 안심했다.

이혼은 그 날 아침 바로 한강을 건너 용산 비료공장으로 들어갔다.

기영도의 말처럼 폭발한지 수 시간이 흘렀음에도 연기가 자욱했다.

더욱이 암모니아가스가 다분히 섞여있어 이혼은 급히 명했다.

"작업자들을 모두 불러들이시오!"

책임자인 이장손은 그 명대로 불을 끄려던 작업자들을 불러들였다.

이혼은 이어 직접 화재진압을 진두지휘했다.

암모니아의 특성에 대해 아는 사람이 이혼 밖에 없어 다른 방법이 없었다. 이혼은 화약과 비료 등 폭발한 위험이 있는 완제품은 최대한 멀리 옮겨놓은 후에 불길이 조금 가라앉기를 기다렸다.

다행히 다음 날 저녁에는 사람의 진입이 가능해졌다.

이혼은 먼저 사망자부터 수습하게 하였는데 비료공장은 24시간 내내 돌아가는 곳이라 야간작업자가 꽤 많아 피해가 만만치 않았다.

거기다 이장손과 작업자들이 피땀 흘려 건설한 반응로 30개 중 9할 가까이가 이번 폭발의 여파에 휩쓸려 재와 잔해로 변해버렸다.

큰 손실이었다.

인명 손실은 물론이거니와 재정적 손실 역시 막대했다.

대궐 복구를 포기해가며 정력적으로 밀어붙인 일인데

실패를 맛봤다.

이혼은 잔해를 치우는 한편, 사망한 작업자의 유족에게 보상을 실시했다. 보상으로 슬픔을 치유할 수는 없지만 도움이 되기를 바라는 마음에 부담이 되더라도 최대한 많은 보상금을 지원하였다.

마지막으로 비료공장 앞에 이번 사고로 숨진 작업자들의 위령탑(慰靈塔)을 세웠다. 위령탑은 숨진 작업자들을 기리는 것과 동시에 앞으로 이런 일이 일어나선 안 된다는 것을 보여주는 도구였다.

비료공장 사고를 마무리지어갈 무렵.

이혼은 이장손 등의 장인들과 함께 반응로개조에 들어갔다.

이번에 사고가 일어난 원인은 철의 강도가 일정하지 않은데 있었다.

철의 종류는 여러 가지였다.

보통은 철이 함유한 탄소의 성분에 따라 성질이 달라지는데 탄소가 적은 순서에 따라 연철(軟鐵), 강철(鋼鐵), 주철(鑄鐵), 선철(銑鐵)로 나뉜다. 특징은 탄소가 적을수록 쇠가 물러 가공이 쉬운 반면에 강도가 약했다. 또, 철에 탄소함유량이 많을수록 단단해지는데 대신 부러지기 쉬워 가공이 어렵다는 단점이 존재하였다.

이러한 특징을 잘 배합해 장점만 취합 철이 바로 현대산

업사회에서 산업의 쌀로 칭하는 강철이었다. 이혼은 지금 사용하는 연철이나, 주철로 반응로를 다시 제작하면 이런 사고가 또 일어날지 모른다는 생각에 아예 강철을 연구해 이를 대체하도록 하였다.

그 외에 자잘한 몇 가지 점을 새로 보완한 반응로는 얼마 후 재설계를 마쳐 다시 제작에 들어갔다. 주요 재료는 강철이었으며 원안설계에 빠져있던 접이식 밸브와 같은 정밀한 부품도 들어갔다.

그제야 한숨을 돌린 이혼은 밀린 정무를 보며 벼 수확을 기다렸다.

다행히 이틀 후에 첫 추수를 한다는 김막동의 보고가 들어와 이혼은 손가락을 꼽아가며 그 날이 어서 오기를 기다리는 중이었다.

지방 관원들이 올린 장계를 읽던 이혼은 후두둑하는 소리를 들었다.

옆에서 도와주던 이덕형이 창문으로 고개를 돌렸다.

"비가 오나보옵니다."

"그런가 보오."

다시 장계로 시선을 돌리려는데 후두둑소리를 내며 떨어지던 비가 갑자기 장대비처럼 퍼붓기 시작했다. 더구나 바람마저 세서 조금 열어두었던 창문이 떨어져나갈 거처럼 요동을 치기 시작했다.

"이런!"

이덕형은 얼른 달려가 창문을 닫았다.

그러나 비바람이 얼마나 세찬지 옆에 있던 옷과 책이 흠뻑 젖었다.

장계를 덮은 이혼은 밖으로 나와 하늘을 보았다.

며칠 전부터 꾸물거리긴 했지만 비가 올 조짐은 없었는데 오늘 보니 짙게 낀 먹구름 사이로 굵은 빗방울이 폭포수처럼 쏟아졌다.

더구나 바람이 강해 심상치 않아 보였다.

"큰일이군. 가을 태풍이라니……."

옆에 선 이덕형도 신음을 토해냈다.

"그러게 말이옵니다. 이제 곧 추수인데……."

이혼은 마루에 들이치는 빗속에서 비바람을 맞아가며 하늘을 보았다.

'시련이 없으면 내가 성공을 너무 당연하게 여길까봐 그러는 겁니까?'

비료공장 사고에 이어 이번에는 철 지난 태풍마저 불어왔다.

입술을 깨문 이혼은 조내관을 불렀다.

"배를 준비토록 하시오. 지금 당장 농장에 가봐야겠소."

"전하, 위험하옵니다."

조내관에 이어 이덕형 역시 이혼을 말렸다.

"그렇사옵니다, 전하. 상선 말대로 지금 배를 타시면 위험하옵니다."

"난 가야겠소."

이혼은 이덕형에게 도성과 팔도의 각 관원들에게 태풍에 대비하라는 전교를 내린 다음, 우비를 입은 채 한강으로 흑룡을 몰았다.

비바람 속에서 달리니 앞이 제대로 보이지 않았다.

이혼은 어렵게, 어렵게 숭례문을 빠져나와 용산 나루터로 향했다. 한강물이 그새 불어 강물이 마치 파도처럼 너울지는 중이었다.

"전하, 위험하옵니다!"

바람에 날아가려는 우비를 두 손으로 잡으며 조내관이 소리쳤다.

고개를 저은 이혼은 배에 올라 사공에게 도하를 명했다.

사공은 비장한 표정으로 노를 젓기 시작했다.

다른 사람이었으면 미친놈이라며 욕이라도 한번 시원하게 해줄 텐데 상대가 임금이니 그저 용왕님께 살려 달라 비는 수밖에 없었다.

뱃사공은 조선 최고의 뱃사공이 분명했다.

불가능해보였던 한강 도하에 성공한 것이다.

나루터에서 멀리 떨어진 곳에 이르긴 했지만 어쨌든 성공을 거뒀다.

이혼은 바로 다시 흑룡에 올라 농장으로 떠났다.

과연 명마인지, 진창으로 변해버린 길을 흑룡은 쏜살처럼 주파했다.

농장에 도착한 이혼은 논으로 먼저 직행했다.

비바람에 휩쓸린 벼들이 애처로운 울부짖음을 토해내는 중이었다.

김막동을 비롯해 농장에서 일하는 연구원과 인부 수백 명이 모두 나와 벼를 하나라도 더 살려보기 위해 고군분투를 하는 중이었다.

이혼은 우비를 벗었다.

그리고 용포도 벗었다.

저고리와 바지만 입은 이혼은 논에 뛰어 들어가 쓰러진 벼를 세웠다.

그 모습을 본 기영도와 정말수, 그리고 조내관 등 이혼을 따라온 사람들도 소매를 걷어붙인 채 논에 뛰어들어 농부들을 도왔다.

저녁 무렵에 시작한 작업은 다음 날 아침이 지나서야 끝났다.

힘을 다 소진하여 물 먹은 솜처럼 변한 몸을 논가의 언덕에 뉘였다.

밤새 수그리고 있던 허리는 부서지기 일보직전이었다.

이혼은 고개를 들어 하늘을 보았다.

마치 하룻밤의 꿈처럼 먹구름이 짙게 끼어있던 하늘은 어느새 새초롬한 빛을 뿌리며 자기가 언제 그랬냐는 듯 맑게 개어있었다. 자연은 비정해 자신의 위대함을 인간에게 보여주지 않으면 성에 차지 않는 듯했다. 인간은 언제나 그 앞에선 작은 존재였다.

이혼은 고개를 내려 논을 보았다.

군데군데 쓰러져있는 벼가 보였으나 그 외엔 자기 힘으로 서있었다.

밤새 작업한 게 효과가 있었던 것이다.

이혼은 조내관이 소주방에서 끓여온 뜨끈한 국을 고생한 인부들과 같이 나누어 먹었다. 지쳐있던 몸에 생기가 조금씩 돌아왔다.

조내관의 부축을 받아 일어난 이혼은 김막동을 불렀다.

"과인은 조정으로 가야겠으니 나머지는 원장이 책임지게."

"성심을 다하겠사옵니다."

김막동 등 연구원 사람들을 격려한 이혼은 서둘러 돌아갔다.

너울지던 한강은 밤사이 유량이 많이 늘었긴 하지만 어제보다는 덜해 도하하는데 위험이 크지 않았다. 어제는 얼굴이 하얗게 질려있던 뱃사공 역시 아침에는 긴장이 풀린 표정으로 노를 저었다.

이혼은 조정에 도착하기 무섭게 물었다.

"피해보고는 아직이오?"

도승지 이덕형이 서둘러 대답했다.

"도성은 하천과 가까운 서너 마을에 물난리가 났사옵니다. 그리고 산과 붙어 있는 마을 두 개가 산사태로 피해를 입은 듯하옵니다."

"가용이 가능한 민관군을 전부 동원해 수해지역을 지원토록 하시오."

"예, 전하."

"도성 외 지역의 피해보고는 아직이오?"

"사람을 모두 보냈으니 가까운 곳부터 들어오기 시작할 것이옵니다."

이덕형의 말대로 그 날 오후부터 피해보고가 속속 들어왔다.

팔도 전체의 보고가 들어오려면 보름 이상이 필요했지만 어쨌든 지금까지 밝혀진 피해는 다행히 그리 크지 않았다. 태풍이 중부지방을 강타한 다음, 강원도로 빠져나갔는지 남부는 피해가 없었다.

이혼은 안도의 숨을 쉬며 추수를 기다렸다.

며칠 후, 남부를 시작으로 본격적인 추수에 들어갔다.

무상몰수와 무상분배가 아직 진행 중이기는 하지만 세금을 내는 농가의 숫자가 전보다 몇 배가 늘어 금세 세곡창고가 가득 찼다.

전라도와 경상도, 그리고 충청도에서 차례대로 추수를 시작한지 얼마 지나지 않아 마침내 경기도의 차례가 돌아왔다. 백관을 대동한 이혼은 강남에 있는 농장에 행차해 인부들과 추수를 하였다.

단순히 돈을 벌기 위한 추수가 아니었다.

이는 단위면적당 생산한 소출의 양을 각각 비교해 어떤 방식의 농법이 효과가 있는지 알아내기 위한 추수여서 정밀함이 필요했다.

추수 후에는 계산한 결과를 토대로 경기도부터 신 농법을 전파할 생각이었다. 물론, 신 농법에 들어가는 비료와 농기구는 무료였다.

추수를 마친 후에는 신품종을 육성하던 논을 찾았다.

김막동이 곧 세 종류의 벼 씨앗을 가져왔다.

"마지막까지 살아남은 품종의 종자이옵니다."

"서른 개 중에서 세 개만 살아남았다는 말이오?"

"송구하오나 소인은 이것도 운이 좋은 거라 생각하옵니다."

"으음, 그렇군."

이혼은 조선을 장차 부강하게 만들어줄지 모르는 세 개의 품종을 자세히 살펴보았다. 그러나 이혼의 눈에는 다 비슷비슷해보였다.

종자를 다시 건넨 이혼이 물었다.

"이 세 품종의 소출은 조사했소?"

"예, 전하. 가운데 있는 품종의 소출이 가장 많았사옵니다."

"병충해나, 수해, 냉해에 대한 저항성은 어떻소?"

김막동은 자신 있는 표정으로 대답했다.

"병충해에 강한 품종은 왼쪽에 있는 이 품종이옵니다. 그리고 수해나, 냉해에 견디는 힘이 강한 품종은 오른쪽에 있는 품종이옵니다."

김막동이 자신 있어 하는 이유는 단순히 생장만 지켜본 게 아니라, 각 상황에 맞는 조건을 부여해 1년 동안 관찰한 결과에 있었다.

병충해에 강한 품종을 알아보기 위해 일부러 벼에 자주 기생하는 벌레나, 전염병을 일으키는 병균을 이식해 얼마나 잘 견디는지 알아보았다. 또, 수해나, 냉해를 알아보기 위해 일부러 차가운 물을 공급하거나, 아니면 벼 전체를 물에 잠기게도 만들어보았다.

이혼은 물었다.

"이 세 품종 중 어느 품종을 농가에 보급하는 게 좋겠소?"

"단일 품종으로 논 전체를 채우는 것은 위험한 선택이옵니다. 어떤 해는 냉해가 일찍 찾아와 벼가 얼어 죽지만 그 다음 해에는 전염병이 기승을 부려 가을이 오기도 전에 농사를 접어야하는 때도 있사옵니다. 이런 상황을 극복하려면 몇 가지 품종을 고루 재배하는 게 좋사옵니다. 그러면 위험성을 줄일 수가 있사옵니다."

"그 말이 맞는 듯하오."

이혼은 김막동 말대로 근처 농가에 세 가지 품종을 같이 보급했다.

농가 수를 늘리고는 싶지만 종자의 수가 적어 힘들었다.

그리고 농장에서 종자를 생산하는 데에는 한계가 있었다.

지금과 같은 경우에서는 농가가 직접 신품종을 재배한 다음, 그 종자를 다른 농가들에게 나누어주는 식으로 진행해야 보급이 빨랐다.

이혼은 거기서 만족하지 않았다.

더 좋은 품종을 얻기 위해 계속해서 신품종을 연구하도록 하였다.

이를 위해 유리 제작방법을 방법을 연구했다.

유리가 있으면 온실을 만들 수 있는 것이다.

솔직히 1년 연구로 성과가 나오리라 기대하진 않았다.

육종(育種)은 10년, 아니 한 세대 전체를 연구해도 모자란 분야였다.

겨울 초입 무렵.

하삼도를 시작으로 가을에 걷은 세곡이 조운선에 실려서 도성 곡창(穀倉)에 도착했다. 기존에 있던 곡창은 하삼도의 세곡만으로도 가득 차서 급히 새로운 곡창을 지어야 할 만큼 세곡이 증가했다.

이혼은 김막동을 불러 국영농장의 소출현황을 보고받았다.

"소출이 많은 논은 거의 네 배, 적은 논은 두 배로 증가했사옵니다."

"네 배로 증가한 논의 신 농법을 경기도 농부들에게 가르쳐주시오."

"예, 전하."

김막동은 신이 나서 돌아갔다.

1년 고생한 거치곤 성과가 뛰어나 콧노래가 절로 나올 지경이었다.

긴장이 풀린 이혼은 그제야 팔다리를 쭉 펴며 자리에 누웠다.

내년은 경기도, 그리고 그 다음해에는 전라도, 그리고 그 다음해에는 경상도로 신 농법과 새로운 품종을 전파할 계획을 세웠다.

최소한 10년 안에는 팔도의 모든 농지에 신 농법과 새로운 품종을 전파해 지금보다 최소 세 배, 많게는 다섯 배 이상의 소출을 거두어 백성들이 더 이상 보릿고개를 걱정하

270 7

지 않게 하는 게 이혼의 최종목표였다. 계획대로 성공한다면 한반도 역사상 가장 큰 성과를 거둔 개혁으로 남을 것이다. 이혼은 자신감이 넘쳤다.

이혼은 삼정승을 불렀다.

"무상몰수와 무상분배는 더 속도를 내야하오. 1년이 넘게 지났음에도 아직 작업을 마치지 못한 지역이 있소. 이는 영상대감이 직접 감독하시오. 최소한 3년 안에는 완벽하게 마쳐야할 것이오. 그리고 동시에 양전(量田)을 실시해 농지의 소유주를 명확히 가리도록 하시오. 관청에 등록하지 않은 농지를 불법으로 경작하여 조세회피를 하는 경우에는 국법에 따라 엄히 다스리도록 하시오."

"알겠사옵니다."

유성룡이 대답할 때 이혼은 좌의정 이산해를 보았다.

"좌상대감은 버린 농지나, 농지로 사용할 수 있음에도 그냥 놀려두고 있는 땅을 조사해 백성들에게 나누어주도록 하시오. 세금을 더 올릴 수 없다면, 세금을 내는 인구를 늘리는 수밖에 없소."

"그리하겠사옵니다."

이혼은 마지막으로 우의정 정철에게 명했다.

"우상대감은 국가기술원 원장 이장손과 협의하여 비료공장을 전국에 설치하도록 하시오. 중요한 일이니 각별히 신경 써야할 것이오."

"예, 전하."

이혼은 삼정승을 돌아보며 당부했다.

"앞으로 10년 안에 우리 조선의 강토에서 더 이상 굶주리는 백성이 없도록 하는 게 과인의 목표요. 정승들은 과인의 이런 마음을 부디 헤아려 나라와 백성들을 위해 전력을 다해 임해주시오."

"성은이 망극하옵니다."

대답한 삼정승은 맡은 일을 처리하기 위해 서둘러 움직였다.

그 날 저녁, 이혼은 오랜만에 홀가분한 마음으로 미향처소를 찾았다.

승은을 입은 미향은 다른 궁녀들과 달리 독채를 지급받았다.

"오셨사옵니까?"

마당에 나와 맞이하는 미향의 얼굴을 보는데 왠지 푸석해보였다.

자주 들르지 못해 미향이 화가 나 그런지 안 이혼은 얼른 사과했다.

"요즘은 눈코 뜰 새 없이 바빠서 그대에게 신경을 많이 써주지 못했소. 다행히 큰일은 거의 다 끝난지라, 이제 자주 찾아오리다."

미향은 말없이 미소를 지었다.

그 날 밤, 저녁을 먹던 이혼은 문득 고개를 들었다.

미향은 반찬을 골고루 집어서 이혼의 밥 위에 얹어주며 시중을 드는 중이었는데 정작 미향의 밥그릇은 처음과 별 차이가 없었다.

이혼은 수저를 내려놓으며 물었다.

"어디 아픈 것이오?"

미향은 당황해 대답했다.

"아, 아니옵니다."

"그럼 왜 통 먹지를 못하는 거요?"

"소첩도 잘 모르겠사옵니다. 요즘 들어 식욕이 생기질 않사옵니다."

"으음."

이혼은 바로 제조상궁인 한상궁(漢尙宮)을 불렀다.

"부르셨사옵니까?"

"가서 허준을 불러오라."

한상궁이 놀라 물었다.

"어디 편찮으시옵니까?"

"과인이 아니라, 미향을 진맥해보려 한다."

"알겠사옵니다."

얼마 후, 허준이 급히 입실해 미향에게 물었다.

"증상이 어떻습니까?"

미향의 증상을 들은 허준은 이혼을 보며 미소를 지었다.

"나쁜 병은 아니옵니다."

"그렇소?"

"진맥을 한 후에 정확한 용태를 말씀드리겠사옵니다."

미향의 맥을 짚던 허준은 고개를 몇 번 끄덕였다.

그리곤 일어나서 이혼에게 절을 올렸다.

"전하, 감축드리옵니다. 강상궁이 회임을 한 듯하옵니다."

"오!"

이혼은 벌떡 일어나 떨리는 시선으로 미향을 보았다.

'내가 열 달 후에는 아버지라니.'

역시 놀란 표정을 감추지 못하는 미향을 이혼은 꼭 끌어
안아주었다.

"험험."

허준은 부부의 애정표현에 놀란 듯 얼른 헛기침을 하며
돌아섰다.

9장. 아버지

光海錄

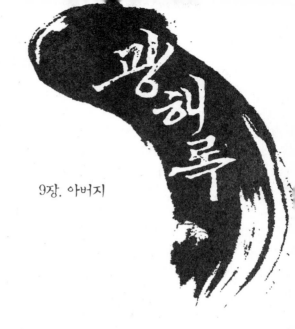

9장. 아버지

이혼의 아이를 임신한 미향은 많은 사람들의 축하를 받았다.

반면, 대비에게 불려가서는 눈물이 쏙 날만큼 호된 꾸지람을 들었다.

"너는 정신을 대체 어디에 두고 다니는 것이냐? 상감의 총애를 받는 사람이 어찌 회임에 대한 생각을 전혀 하지 못할 수가 있어?"

"송, 송구하옵니다, 대비마마."

대비가 혀를 찼다.

"그렇게 조심성이 없어서야, 쯧쯧. 달거리를 두 달이나 하지 않았으면 당장 내의원에 말하여 진맥을 받아봤어야할 게 아니더냐?"

미향은 면목이 없어 더 고개를 숙였다.

그러나 미향에게도 나름의 사정이 있었다.

달거리를 건너뛸 때는 뭔가 이상하기는 했다.

그녀는 정확한 편이어서 평소에 틀리는 경우가 거의 없었던 것이다.

하지만 이런 일을 가르쳐줘야할 부모를 일찍 여읜데다 상의할 사람이 주변에 마땅치 않아 그저 다음 달에는 제대로 하겠거니 넘어갔다. 한데 회임한지 벌써 석 달째라니 그녀도 깜짝 놀랐다.

거슬러 계산해보면 농장에서 하룻밤 묵었던 날에 회임을 한 듯했다.

그 날 밤이 떠오른 미향은 얼굴이 절로 붉어졌다.

그 모습을 본 대비는 미향이 면목이 없어 그러는지 알고 목소리가 누그러졌다. 미향이 산달에 아들을 낳는다면, 고집이 황소 같은 이혼은 분명 미향이 낳은 아들을 원자로 삼을 게 분명했다.

그렇다면 원자의 어미와 잘 지내는 게 여러모로 좋았다.

"앞으로 각별히 조심하여라. 이젠 너 혼자의 몸이 아니니라."

"명심하겠사옵니다."

대답한 미향은 처소에 돌아와 태교에 전력을 쏟았다.

1596년은 미향의 회임소식으로 한껏 들뜬 분위기에서 막이 올랐다.

내부문제를 어느 정도 정리한 이혼은 본격적으로 군제 개혁에 나섰다.

조선의 군제는 기본적으로 양인이 돌아가며 번을 서는 형태였다.

양인이란 천인을 제외한 모든 자유민을 지칭했다.

즉, 양반, 중인, 상민 할 거 없이 자유민은 모두 군역의 무가 있었다.

그러나 현실은 그렇지 않았다.

양반은 도성의 경우, 사학(四學)이나, 성균관(成均館)에 속해 군역을 면제받았다. 그리고 지방의 경우에는 서원(書院)이나, 향교(鄕校)에 적을 두어 군역을 면제받는 행태가 보편적으로 이루어졌다.

장차 나라를 경영할 동량(棟梁)을 키우기 위해선 어쩔 수 없이 지식인 계층에 해당하는 양반을 군역에서 제외해야한다는 논리였다.

그래야 양반들이 공부를 열심히 해 과거를 볼 수 있다는 것이다.

또, 특수계층으로 취급받는 중인은 직업을 하나의 역이라 볼 수 있어 군역은 오로지 양인 중 농민계층이 홀로 부담하는 꼴이었다.

조선 초기에 정한 군제에 따르면 군역을 져야하는 농민은 교대로 도성이나, 지방에 있는 근무지에서 번을 서야하는데 이때 나머지 농민들은 군역을 하는 농민을 위해서 군생활에 필요한 자금은 물론이거니와 그 가족의 생계 역시 책임져야하는 부담이 있었다.

이는 재정이 취약해 나온 방법이었다.

한데 이러한 제도들은 방군수포(放軍收布)와 같은 불법을 야기하여 조선의 군대가 뒤로 갈수록 약해지는데 큰 이유로 작용했다.

방군수포는 원래 번을 서야하는 농민에게 번을 면제해 주는 대가로 삼베와 같은 포(布)를 받은 다음, 집으로 보내주는 제도였다.

큰 전란이 없는 시기가 길어지다 보니 군영에 병력이 없어도 별 문제가 없는지라, 농번기에 징집당한 농민병이 집에 돌아가 계속 농사를 짓게 해주는 대신에 그 대가로 포를 받았던 게 시초였다.

이는 일석이조의 효과가 있었다.

하나는 농번기에 부족한 인력을 보충하는 효과였다. 그리고 다른 하나는 부족한 세수를 방군수포를 통해서 보충이 가능했던 것이다.

한데 처음의 의도와는 달리 방군수포는 부패의 온상으로 전락했다.

방군수포를 하더라도 유사시를 대비해 일정비율 이상은 번을 서도록 해야 했는데 군영을 관리하는 장수들이 그 비율을 어긴 것이다.

또, 방군수포로 거둔 포가 조정이 아니라, 군영을 관리하는 장수나, 군영이 있는 고을 수령의 호주머니 속으로 들어가기 일쑤여서 그렇지 않아도 파탄 난 조정의 재정에 전혀 도움을 주지 못했다.

임진왜란이 일어났을 때 20일 만에 도성이 함락당한 이유 역시 방군수포를 악용하는 바람에 싸울 병사가 없던 이유가 지대했다.

이혼은 이를 해결하기 위해 두 가지 방책을 세웠다.

하나는 직업군인체제였다.

전처럼 농민에게 과도한 부담을 지우는 대신, 전문적인 군인을 양성해 이를 통해 군대와 병사들의 질적 향상을 꾀하는 계획이었다.

임진왜란을 겪은 조선은 명나라의 조언을 받아들인 유성룡 등의 건의로 직업군인으로 이루어진 훈련도감(訓鍊都監)을 창설했다.

조정은 훈련도감의 병사들에게 녹봉을 주기 위해 따로 삼수미(三手米)란 이름의 세금을 만들어 하삼도 등지에서 거두어들였다.

이혼은 훈련도감을 창설하지는 않았지만 그 대신 초기

부터 근위사단이라는 이름으로 전문적인 군인들을 양성해 이를 대신하였다.

그리고 근위사단을 먹여 살리는 것은 삼수미가 아니라, 왜국과의 전투에서 얻은 전리품이었는지라, 따로 세금을 거둘 필요 없었다.

그러나 그런 식으로는 2만 명의 근위사단을 먹여 살리는 일조차 빠듯했다. 더욱이 왜국과의 전투에서 얻은 전리품이 거의 다 떨어져 뭐가 되었든 이를 해결하기 위한 방책이 절실하던 차였다.

한데 다행히 이번에 세수가 늘어 이 문제는 해결이 가능했다.

그렇다면 그 다음은 지방군의 개혁이 문제였다.

근위사단이 경군(京軍)을 대신한다면 지방군 역시 대신할 수 있는 직업군인들이 대거 필요했다. 그러나 이렇게 하면 비용이 엄청나게 늘어나 쉽사리 결정할 수 없는 문제였는데 그렇게 해서 나온 방법이 바로 두 번째 방법인 군역세(軍役稅)의 신설이었다.

군역세란 바로 군역대상자인 장정, 즉 16세 이상, 60세 이하의 건강한 남자들을 대상으로 하여 일괄적으로 부과하는 세금이었다.

직업군인들이 나라를 대신 지켜주니 백성들은 이제 군역의 고통에서 해방을 맛보았다. 그러나 얻는 게 있으면 잃는 게 당연히 있는 법이었다. 백성들은 그 대가를 지불할 필요가 있는 것이다.

이혼은 조회에 나가 천명했다.

"군역세는 신분에 관계없이 모든 백성이 내야할 것이오!"

이혼의 말에 편전은 쥐 죽은 듯 조용해졌다.

무엇보다 신분에 관계없다는 말이 중요했다.

다시 말해 그들 양반들 역시 군역세를 내야한다는 말이어서 순간 당황해 말을 잊지 못했다. 양반들은 여러 가지 이유로 군역을 면제받으며 편한 생활을 해왔는데 그런 전통이 깨지게 생겼다.

대신들의 눈짓을 받은 유성룡은 한숨을 쉬며 대표로 입을 열었다.

"전하, 급진적인 개혁은 반발에 부딪치기 마련이옵니다. 또, 이는 나라의 근간을 바꾸는 일인데 어찌 하루에 결정하려 하시옵니까?"

이혼은 손을 들었다.

"빠르다는 것은 과인도 알고 있소. 그러나 지금하지 않으면 임진년과 같은 치욕을 또 겪어야하오. 경들은 그것을 원하는 것이오?"

이산해가 성난 목소리로 대답했다.

"신들 역시 임진년과 같은 치욕을 다시는 겪기 싫사옵니다. 그러나 아무리 왜국에게 재침략의지가 있다한들, 어찌

2백 년 간 이어져온 정책을 하루아침에 바꾸려 하시옵니까? 세종대왕께서는 정책 하나를 입안하는데 수십만 명의 의견을 물어보셨사옵니다. 한데 전하는 중요한 문제를 상의 없이 독단으로 처리하려 하시니 이는 성군이 가져야할 바람직한 자세가 결코 아닐 것이옵니다."

이혼은 고개를 저었다.

"2백년 간 지켜온 정책에 문제점이 있다면 빨리 바꿔야 하지 않겠소?"

"주상전하, 그것은……."

정철이 입을 떼려는데 이혼이 가로막았다.

"그만들 하시오! 경들은 입으로는 맨날 임진년의 치욕을 다시 겪기 싫다하지만 과연 그렇게 생각하는지 의문이오. 그렇지 않다면 나라의 국방을 튼튼하게 하는 일에 이렇듯 반대하지는 않을 것이오. 혹, 사대부가 군역세의 부담을 지는 것에 반대하는 것이오? 그렇다면 과인은 경들의 행태에 실망을 감출 길이 없을 것이오!"

소리친 이혼은 편전을 나와 처소로 돌아갔다.

급히 일어선 대신들은 당황해 그저 고개만 숙일 뿐이었다.

이혼은 며칠 후 바로 새로운 군제를 구상해 발표했다.

중앙은 근위사단을 주축으로 구성한 경군(京軍)이 방어했다.

또, 지방은 이혼이 임진왜란기간 동안, 창설한 각 지방 사단이 많았다.

기존에 있던 전라사단, 충청사단, 경상사단을 시작으로 경기사단(京畿師團), 황해사단(黃海師團), 강원사단(江原師團), 평안사단(平安師團), 함경사단(咸鏡師團) 등 7개의 신규사단을 새로 창설했다. 마지막으로 제주도에는 제주연대(濟州聯隊)를 창설해 방어했다.

각 사단은 그 지역의 토병을 기본으로 추후 모병을 통해 보충했다.

이혼은 이어 병조판서 정탁, 도원수 권율과 함께 각 사단의 사단장 보직을 결정해 발표했다. 기존에 있는 전라사단은 김시민, 경상사단은 곽재우, 충청사단은 영규 세 명이 계속 유임토록 했다.

곽재우와 영규 두 명은 계속 사람을 보내 제대를 청했다.

곽재우는 난이 끝났으니 고향에 돌아가 학문에 전념하기를 원했다. 또, 영규는 속세를 떠나 승려의 신분으로 다시 돌아가길 원했다.

그러나 이혼은 제대청원(除隊請願)을 모두 거절했다.

명목상의 이유는 왜국이 재침략을 준비 중이니 경험 많은 장수들을 보낼 수 없다는 거였으나 실제로는 그 두 사람이 제대하면 충청사단과 경상사단을 구성하는 의병과

승병들이 따라서 이탈할 가능성이 높아 어떻게 해서든 두 사람을 잡아둘 필요가 있었다.

세 사람을 유임시킨 이혼은 이어 경기사단 사단장에 조경, 황해사단 사단장에 이일, 강원사단 사단장에 선거이(宣居怡), 평안사단 사단장에 김경로(金敬老), 함경사단 사단장에 이광악(李光岳)을 각각 임명해 마침내 모병제의 직업군인체제로 완벽히 개편했다.

각 사단이 편제를 모두 완성할 경우, 근위사단은 3만 명이었으며 그 외의 다른 사단들은 8천에서 1만 명 규모를 유지하게 되었다.

모두 합치면 11만 명의 정규군을 유지하는 셈이었다.

한데 문제는 이 11만 병력을 유지하기 위한 재정의 확보에 있었다.

이혼은 호조판서 이항복을 불렀다.

"군역세는 올 가을에나 들어올 테니 그 전에 필요한 재정은 겨울에 들어온 세곡과 닫아둔 광산을 다시 열어서 충당하도록 하시오."

"알겠사옵니다."

"앞으로 세금은 세 가지로 줄일 것이오. 먼저, 토지 보유량을 계산해 차등적으로 세금을 매기는 전세(田稅), 그 해 소득에 세금을 매기는 소득세(所得稅), 그리고 마지막으로 군역세 세 가지요. 이 세 가지 외에 다른 세금을 걷는

지방관이나, 아전이 있을 경우, 바로 과인에게 알려 달라 하시오. 그런 자들은 극형에 처하겠소."

"명심하겠사옵니다."

"이 세 가지 세금은 신분이나, 지위고하에 관계없이 모두 내야하오. 왕족이라 해도 세금을 내지 않으면 재산을 몰수할 거라 하시오."

"예, 전하."

이항복은 바쁘게 움직였다.

이혼이 군제개혁에 이어 세제개혁(稅制改革)을 원하는 지라, 눈코 뜰 새 없이 바쁘게 일했다. 반면, 정기적으로 내는 세금 외에 지방관이나, 지방 관아의 아전이 사욕을 채우기 위해 수시로 징발하던 세금은 서서히 자취를 감추었다. 그리고 부역과 공납 역시 이제는 부담할 필요가 없어 오히려 백성들의 부담은 크게 줄었다.

그러나 꼭 경고를 무시하는 자가 한둘 나오기 마련이었다.

세금을 사적으로 걷은 지방관과 지방의 아전들이 거의 매일 도성으로 잡혀왔다. 그리고 곧장 목이 잘려 사대문 밖에 효수 당했다.

처음에는 하루에 대여섯 명에 이를 만큼 그런 자들의 수가 많았다.

그러나 시간이 지날수록 줄어들어 한 달 후에는 한 명

꼴로 줄었다.

이젠 백성들도 자신들의 권리를 잘 알았다.

전세, 소득세, 군역세 외에는 세금을 낼 필요가 없어 부당한 세금을 요구하는 고을 수령이 있으면 지체 않고 바로 도성에 알렸다.

그러면 이혼은 바로 금군청 군관들을 보내 잡아들였다.

도망치면 지옥 끝까지 추격해서라도 반드시 잡아와 처벌을 가했다.

이혼은 부패한 관원에게는 용서가 없었다.

아무리 행정능력이 뛰어나도 부패한 사실이 드러나면 극형에 처했다.

관원들이 점차 몸을 사리기 시작할 무렵.

자신을 초법적인 존재로 착각한 왕족들이 문제를 일으켰다.

"형조는 이를 상세히 조사하여 즉시 보고하시오!"

"예, 전하."

형조판서 기자헌은 바로 왕족들의 비리를 조사하기 시작했다.

자신들을 수사한다는 말을 들었음에도 왕족들은 구태를 계속했다.

설마 같은 왕족끼리 심하게 하겠느냐는 거였다.

그들의 생각은 전혀 근거가 없는 게 아니었다.

왕족들은 역모에 관련한 문제만 아니라면 초법적인 존재와 같았다.

아버지, 또는 할아버지가 임금과 같은 왕족들은 임금을 총애를 등에 업은 채 온갖 악행을 저질렀다. 삼군의 난 때 처형당한 임해군, 순화군, 정원군처럼 가복(家僕)을 동원해 무고한 사람을 살해하거나, 아니면 여염집 아낙을 겁탈하는 등의 일을 서슴지 않았다.

또, 자기 집을 늘리기 위해 멀쩡히 있는 백성의 집을 허물기 일쑤였으며 뇌물을 받기 위해 매관매직하는 자들도 적지 않았다. 심지어 시전을 협박해 돈을 뜯어내는 자들마저 허다할 지경이었다.

백성들의 원성이 하늘을 찌를 때마다 임금들은 못 본 척 넘어갔다.

밉기는 해도 대부분 형제나, 사촌관계인지라, 엄벌을 내리지 못했다.

형조판서 기자헌은 조사한 내용을 이혼에게 보고했다.

보고서를 천천히 읽어가던 이혼은 미간을 일그러트렸다.

"이게 모두 사실이오?"

"그렇사옵니다."

"모두 잡아들이시오. 그리고 관원보다 더 엄하게 처벌하시오."

이혼의 명에 기자헌은 침을 꿀꺽 삼키며 물었다.

"더 엄하게 처벌하라 하심은……."

"극형에 처해야할 자는 극형에 처하시오."

"알겠사옵니다."

이혼의 처소를 나온 기자헌은 바로 형조의 형관(刑官)들을 풀어 왕족들을 잡아들였다. 그리고 바로 죄의 유무를 가려 처벌에 나섰다.

왕족들은 그제야 심상치 않은 상황임을 직감했다.

이혼은 이전의 왕들과는 다른 것이다.

그들은 이혼에게 골육의 정을 느낄지 모르지만 이혼은 아니었다.

마음이 급해진 왕족들은 왕실어른들을 동원해 대비에게 구원을 요청했다. 이혼을 말릴 수 있는 사람은 대비 밖에 남아있지 않았다.

대비는 청을 거절할 수 없어 이혼을 찾아갔다.

그러나 이혼은 대비의 부탁을 들어줄 수 없었다.

"대비마마, 이 자들은 금수만도 못한 자들입니다. 이런 자들을 구원하는 일로 대비마마께서 성심을 어지럽힐 필요가 없사옵니다."

"그래도 승하하신 선대왕마마의 형제분과 조카들이 아니오?"

이혼은 단호한 표정으로 고개를 저었다.

"왕족이라는 이유로 용서하면 앞으로 누가 법을 지키며

살겠습니까? 그래서 소자는 그들을 더 용서할 수 없는 겁니다. 소자 또한 몇날 며칠을 고민하여 어렵게 결정한 사안이니 이해해주십시오."

대비의 청을 뿌리친 이혼은 바로 처형을 명했다.

왕족과 왕족의 위세를 빌려 난동을 피우던 가복과 수하, 식객 등 수백 명이 참수당하거나, 아니면 귀양지에서 사약을 먹고 객사했다.

이혼은 부패를 뿌리 뽑기 위해 무보수로 일하던 아전에게 품계를 정식으로 내려준 다음, 녹봉을 지급하기 시작했다. 중인계층을 형성하는 아전들은 나라가 녹봉을 지급하지 않아 자구책을 스스로 마련해야했는데 그런 이유로 인해 비리의 온상으로 성장했다.

먹고 살기 위해 백성을 등쳐먹거나, 고을 사정에 훤하다는 점을 이용해 고을 수령의 눈을 속이며 세금 횡령 등을 일삼았던 것이다.

아전에게 녹봉을 지급하는 게 당근이라면 채찍은 아주 무서웠다.

암행어사를 지방에 수시로 파견해 비리를 저지른 고을 수령과 지방 아전들을 모두 도성으로 잡아들인 후 바로 바로 목을 베었다.

그야말로 피를 보기 두려워하지 않는 철권통치(鐵拳統治)였다.

유성룡은 이혼을 찾아와 조언했다.

"공포로 민심을 다스리면 그 정권은 오래가지 못하옵니다."

이혼은 고개를 저었다.

"공포로 다스리는 것은 백성의 민심이 아니오. 오히려 민심에 악영향을 끼치는 것들을 공포를 이용해서 제거하는 과정에 더 가깝소."

일축한 이혼은 봄 내내 재정건전성과 부패척결에 주력했다. 실효를 얼마나 거둘지는 미지수지만 의미 있는 행보임에는 틀림없었다.

미향의 배가 조금씩 불러와 그녀의 배 안에 자신의 아이가 자란다는 사실을 실감할 무렵, 농부들은 다시 한 해 농사를 준비했다.

이혼은 그 동안 만든 비료와 각종 농기구, 그리고 풍년이라는 이름을 지은 첫 번째 신품종을 경기도 각 농가에 보급하기 시작했다.

경기도에서 성공해야 다른 도로 전파가 가능해 김막동을 비롯한 농업연구원 연구원들은 겨울 내내 쉴 틈 없이 일하며 준비해왔다.

농협개혁의 시작은 이앙법이었다.

전에는 날씨가 따뜻한 남부지방에서나 하는 줄 알았던 이앙법을 경기도에서 처음으로 시작하는 셈이었다. 논에 종자를 직접 뿌리는 직파법 대신에 못자리에 종자를 심어 기르다가 본 논에 옮겨놓는 이앙법을 사용하면 제초작업이 쉬워짐은 물론이거니와 소출 역시 크게 늘어 이앙법의 효과를 적극적으로 홍보하였다.

경험 많은 농부들은 즉각 반발했다.

못자리에서 종자를 기르다가 전염병에 걸리거나, 늦은 서리를 맞아 다 죽어버리면 한 해 농사를 그대로 망칠 위험이 있었던 것이다.

농업연구원은 못자리에 대나무로 지붕을 만들고 그 위에 모포와 같은 것을 씌우는 방식으로 이를 해결했다. 그래도 안심하지 못하는 농부들을 위해서는 실패할 경우에 보상금을 주기로 하였다.

그제야 농부들은 농업연구원의 지도에 따라 농사를 짓기 시작했다.

다행히 이앙법은 별 탈 없이 무사히 끝났다.

못자리에서 무럭무럭 큰 모종은 곧장 물을 댄 본 논에 옮겨 심었다.

심을 때가 중요했다.

모종을 서너 개씩 떼어서 줄로 간격을 맞춰가며 심었다.

이렇게 하면 생육환경이 좋아져 소출이 늘어났다.

또, 줄로 간격을 맞춰가며 심으면 제초작업이나, 추수가 더 쉬웠다.

본 논에 옮겨 심은 다음에는 농업연구원이 1년 동안 연구해 결정한 방식에 따라 비료와 퇴비를 적당히 섞어서 벼에 주기 시작했다.

계절은 순식간에 봄을 지나 여름으로 접어들었다.

이때는 작물의 영양분을 빼앗아가는 잡초를 제거하는 게 중요했다.

농업연구원은 이혼의 지시를 받아 만든 제초기를 보급했다.

벼에 섞이거나, 바짝 붙어 자라는 잡초는 여전히 손으로 뽑아야했다.

그러나 그 외에 잡초는 모두 제초기로 뽑을 수 있어 수고를 덜었다.

잡초 뽑기 다음으로 중요한 것은 생육환경이었다.

즉, 충분한 일조량과 넉넉한 물이 생육의 필수조건이었다.

일조량이 적으면 벼가 자라지 못했으며 물이 넉넉하지 않으면 말라 죽어 이 두 가지가 잘 조화를 이뤄야 풍년을 기대할 수 있었다.

농업연구원은 농가에서 쉽게 사용할 수 있는 수동용 펌프나, 지하수로를 뚫는 방식으로 논에 물을 대게 하여 환경을 맞춰주었다.

그러나 일조량은 사람의 손으로 어찌해볼 방도가 없었

는데 다행히 올해는 맑은 날이 훨씬 많아 벼는 하루가 다르게 쑥쑥 자랐다.

김막동은 경기도 전역을 돌며 농부들의 농법을 지도해 주는 한편, 국영 농장에서는 새로운 품종 연구과 신 농법 연구를 계속했다.

농업연구원이 바쁘게 움직일 무렵.

이혼 역시 바쁘게 움직였다.

작년처럼 농장에 상주하지는 않았지만 그렇다고 행궁에 있는 것은 아니었다. 이번에는 용산에 있는 국가기술원에 거의 상주했다.

농업개혁으로 군량확보에 성공했다. 또, 군제개혁으로 충분한 수의 병력 역시 확보했다. 이제는 무장시킬 무기가 필요한 차례였다.

도요토미 히데요시는 빠르면 올 가을, 늦어도 내년 봄 전에는 재침략을 해올 게 분명했다. 소 요시토시나, 왜국에 파견한 국정원 정보요원들의 정보에 따르면 이는 거의 기정사실이나 다름없었다.

그렇다면 임진년의 치욕을 되풀이하지 않기 위해 만반의 준비가 필요해 먼저 군량과 병력을 확보하는 개혁을 차례로 단행하였다.

무기는 이미 왜군에 비해 질적 우위를 가져온 지 오래였다.

육군에 보급 중에 있는 용아와 용염, 용조, 그리고 죽폭 등 화약을 이용한 무기 면에서는 왜국이 조선을 절대 따라오지 못했다.

그러나 이혼은 완벽한 승리를 원했다.

그가 원하는 완벽한 승리란 적의 수의 병력으로 최대한 많은 적을 격퇴하는 승리로, 이를 위해서는 혁신적인 무기가 더 필요했다.

이혼이 눈을 돌린 것은 두 가지였다.

하나는 야전과 해전에서 사용하는 야포와 함포의 개량이었다.

이순신은 함포로 몇 배가 넘는 적을 물리쳤으며 이혼 역시 야전에서 소룡포를 이용해 싸우기 전에 먼저 승리하는 효과를 거뒀다.

두 번째는 주력 전선의 교체였다.

판옥선은 연안전투에는 강하지만 먼 바다에서 싸우기에는 불리했다.

승조원이 100여 명에 달하는지라, 식수와 식량 등을 채워 넣으면 무기나, 다른 화물을 실은 공간이 부족해졌다. 또, 격군의 피로는 시간이 지날수록 곱절로 늘어나 먼 바다를 항해하기 어려웠다.

이혼은 이 먼 바다에서의 제해권을 확보하기 위해 돛을 이용한 대형 전투함이 필요하다는 사실을 절감했다. 지금

유럽에서는 한창 대항해시대가 펼쳐지는 중이어서 쇄국을 고집할 게 아니라, 우리가 먼저 바다로 나가 견문을 넓히는 게 후손들에게 좋았다.

이혼은 시간이 오래 걸리는 신형 전투함건조계획을 먼저 시작했다.

본격적인 연구개발에 앞서 사업타당성 등을 검토하는 용역작업이 필요한 거처럼 전투함건조가 가능한지 알아보는 과정이 필수였다.

이혼은 여수에 있는 조선소에 사람을 보내 나대용과 이설 두 장인을 도성으로 불렀다. 두 사람은 거북선을 복원한 천재 기술자였다.

혹시 몰라 여수에서부터 금군청의 호위를 받으며 도성에 도착한 두 사람은 바로 용산으로 내려가 그 곳에 있는 이혼을 만났다.

"오랜만에 뵙사옵니다."

절을 올린 두 명은 자리에 앉아 경건한 자세로 이혼의 명을 받았다.

"오느라 고생했다."

"아니옵니다."

"여수에서 무슨 일을 했느냐?"

"부서진 판옥선을 수리했사옵니다."

나대용의 대답에 이혼은 고개를 끄덕였다.

이혼은 판옥선의 수를 150척에서 더 늘리지 않았다.

판옥선을 더 건조해도 배에 채울 승조원이 더 이상 없었다.

육군은 11만 명 선이라면 수군은 3만 명 수준을 유지하는 게 좋았다.

그래야 재정이 압박을 받지 않았다.

이혼은 두 사람이 오기 전에 그린 그림을 보여주었다.

"과인이 생각하는 신형 전투함일세."

"범선이옵니까?"

나대용의 질문에 이혼은 고개를 끄덕였다.

"맞네. 노가 아니라, 돛을 동력으로 삼는 범선일세."

이혼은 이어 설명을 덧붙였다.

"과인이 신형 전투함에 원하는 성능은 크게 세 가지일세. 하나는 우선 돛으로 동력을 삼을 것, 두 번째는 함포 30문에서 40문을 탑재해 동시에 발사해도 균형이 무너지지 않을 만큼 튼튼할 것, 마지막 세 번째는 화물을 적재할 공간이 충분해 전투함과 상선의 역할을 겸하는 무장상선(武裝商船)의 기능을 갖출 것이네."

이혼이 말을 하는 동안, 나대용과 이설은 감히 숨조차 쉬지 못했다.

그 만큼 이혼이 요구하는 성능이 충격으로 다가왔다.

셋 중 하나를 달성하기도 벅찬 상황인데 이혼은 세 가지 모두 충족하기를 원하니 두 사람은 눈앞이 아찔하여 쓰러질 지경이었다.

이혼의 말이 이어졌다.

"지원은 충분히 해주겠네. 서양의 범선이 궁금하다면 국정원을 통해 알아봐주겠네. 기한은 얼마가 적당할 것 같은가? 말해보게."

침을 꿀꺽 삼킨 나대용은 어렵게 입을 떼었다.

"많, 많을수록 좋을 듯하옵니다."

"많이 주고 싶지만 아쉽게도 상황이 그렇지 않네."

"그, 그럼 10년으로 정해주시옵소서."

나대용의 간청에 이혼은 단호히 고개를 저었다.

"2년일세. 2년 안에 시험항해가 가능한 완성품을 과인에게 가져오게."

"전, 전하."

나대용이 급히 말문을 여는데 이혼이 일어나 어깨를 두드려주었다.

"두 사람은 조선 최고의 선박건조 장인일세. 두 사람이 못하면 조선에 할 사람이 없다는 말이지. 과인은 자네들에게 기대가 크네."

이혼은 당황하는 나대용과 이설 두 사람을 밖으로 내보냈다.

다음 날, 국가기술원 내부에 선박건조를 연구하는 연구

실이 생겼다.

　도망치기에는 이미 늦은 나대용과 이설 두 사람은 이혼이 말한 범선을 연구하기 위해 코피를 쏟아가며 매달렸다. 말이 2년이지, 연구하는 사람들에게는 그야말로 화살보다 더 빠른 시간이었다.

　2년 안에 새로운 선박이 시험항해를 해야 한다는 말은 최소한 1년 안에 연구, 설계, 부품 발주를 모두 마쳐야한다는 말이었다. 그리고 나머지 1년 동안, 가능한지 여부는 아직 모르겠지만 발주한 부품을 설계도에 맞춰 조립해가며 신형 전선을 건조해야했다.

　속에서는 열불이 치솟았지만 감히 입 밖으로 내진 못했다.

　상대는 임금이다.

　임금이 평소에 아무리 잘 대해준다 한들 어명을 어길 경우에는 세상에서 가장 무서운 사람으로 변했다. 실제로 올겨울에 도성에서 죽어나간 사람의 숫자가 천명이 훌쩍 넘는 다는 말을 들었다.

　나대용은 한숨을 길게 내쉬었다.

　“하는 수 없지 않겠나.”

　맞은편에 앉아있던 이설도 고개를 끄덕였다.

　“맞습니다. 해보는 데까지 해보고 안 되면 벌을 받으면 그만이지요.”

두 사람은 한선(韓船) 중 돛을 사용하는 종류를 찾았다.

그러나 이혼의 조건에 부합하는 한선은 없었다.

두 사람은 방법을 바꿔 서양 범선을 조사하기로 하였다.

서양에는 이런 범선이 적지 않아 유럽에서 출발해 아시아 끝에 위치한 왜국과 거래한다하니 이혼이 말한 세 가지 조건에 맞는 범선임이 틀림없었다. 두 사람은 국정원의 도움을 받아 서양 범선을 연구했다. 이혼은 자기 말을 충실하게 이행했다. 두 사람이 필요한 도구나, 장비, 정보 등은 어떻게 해서든 구해주려 노력했다.

불가능한 거처럼 보이던 신형 전선은 빠른 속도로 진척을 보였다.

모두 나대용과 이설이 불철주야 노력한 덕분이었다.

10장. 정유재란(丁酉再亂)

光海錄

10장. 정유재란(丁酉再亂)

신형 전선 개발을 나대용, 이설 두 사람에게 일임한 이혼은 자신의 본업으로 돌아왔다. 바로 무기설계였다. 이혼이 이번에 만들려는 무기의 정확한 명칭은 후장식(後裝式) 강선포(旋條砲)였다.

후장식, 말 그대로 포강 앞이 아니라, 뒤로 포탄을 장전하는 방식이었으며 선조포는 활강포(滑降砲)에서 진화한 개념으로 포강(砲腔)에 나선형의 홈을 파서 포탄의 궤도를 안정화하는 방식이었다.

이혼은 이미 후장식 선조총을 만들어 양산에 성공했다.

바로 지금 육군이 제식용으로 사용하는 용아였다.

쉽게 말해 새로운 대포는 이 용아의 기술을 대포에 이식

한 거였다.

다만, 용아에 비해 해결이 쉽지 않은 단점이 몇 개 있었다.

하나는 강선을 뚫어도 상관없을 만큼 포강이 강한 가였다.

튼튼하지 않은 포강에 강선마저 뚫어버리면 바로 폭발할 것이다.

이는 단순히 포를 잃는 선에서 끝나는 게 아니라, 주위에 있는 포병마저 피해를 입어 죽거나, 다칠 수 있어 안전을 기해야했다.

이혼은 이를 비료공장의 반응로를 개선할 때 사용한 강철로 해결했다. 강철은 연철과 선철의 중간 단계로 함유한 탄소의 양이 적당해 선철처럼 단단하면서도 연철처럼 가공이 쉬운 장점이 있었다.

이혼은 이 강철을 이용해 포신을 새로 주조했다.

후장식 강선포의 두 번째 단점은 포신의 밀폐였다.

용아 역시 후장식으로 개조할 때 화약이 타며 생긴 가스가 밖으로 새어나오지 않도록 하는데 꽤 애를 먹었다. 이혼은 이를 해결하기 위해 특별히 폐쇄돌기를 만들어 약실을 밀폐하는데 성공했다.

가스가 새면 우선 사수가 위험했다.

총신 안에서 탄환이 폭발할 위험이 있는 것이다.

그리고 가스가 새면 위력이 현저히 떨어졌다.

가스가 탄환을 밀어내는데 가스가 약하다면 당연히 탄환의 속도가 줄어들어 유효사거리, 최대사거리, 관통력에 모두 영향을 주었다.

용아와 신형 대포의 구조가 대동소이하다면 문제 역시 같을 것이다.

다만, 신형 대포가 몇 배 더 크다는 게 문제였다.

작은 용아마저 애를 먹은 문제인데 몇 십 배 큰 대포의 약실을 완벽히 밀폐하기 위해선 더 강하면서 더 단단한 밀폐법이 필요했다.

이혼은 우선 포신 전체를 한 번에 제조했다.

용아는 조립식이지만 신형 대포를 그렇게 제조할 경우, 폭발할 위험이 다분해 아예 처음부터 통째로 주조해 사용할 계획을 세웠다.

강철로 제조한 신형 대포에는 먼저 강선을 뚫었다.

어른 허벅지만한 포신의 두께에 모두 혀를 내둘렀다.

용아는 구경이 작아서 인력으로 가능하지만 포신은 그렇지 않았다.

"팔도에 명을 내려 힘이 좋은 황소들을 사들이시오!"

이혼의 명에 국가기술원 연구원들은 팔도를 돌아다니며 농부들이 가진 황소를 비싼 값에 사들였다. 심지어 어떤 황소는 농부가 팔지 않겠다며 고집을 부리는 통해 시가에 다섯 배를 얹어주었다.

그렇게 사들인 황소들은 이내 국가기술원 공작실(工作室)로 향했다.

이혼은 우선 도르래를 이용해 포신을 위로 들어올렸다. 그런 다음 포신을 수직으로 세워 단단히 고정했다. 작업을 마친 후에는 황소로 하여금 맷돌처럼 새긴 물레방아를 천천히 돌리게 하였다.

물레방아 위에는 수직으로 세운 거대한 드릴이 달려있어 황소가 물레방아를 돌리면 드릴이 같이 돌아가며 포신에 구멍을 뚫었다.

처음에는 고정이 단단하지 못해 포신이 떨어져 황소가 죽는 등, 사고가 몇 차례 발생했지만 점점 이력이 붙어 속도가 올라갔다.

연구원들은 드릴에 물을 부어주는 일 외에는 특별히 할 게 없어 몸이 편했다. 물을 붓지 않으면 열을 받아 드릴과 포신이 상했다.

"끝났사옵니다!"

이장손의 말에 이혼은 포신을 내려서 안을 살펴보았다.

그가 설계한 대로 포강 안에 홈이 정확히 나있었다.

이혼은 만족한 표정으로 다음 지시를 내렸다.

"이젠 포신의 뒤에 들어갈 뚜껑을 만들어야겠소."

"준비해놓겠사옵니다."

이장손은 이혼이 설계한 뚜껑을 만들기 시작했다.

이 뚜껑이 포신과 밀착해야지만 약실의 밀폐가 가능했다.

이혼이 설계한 뚜껑의 방식은 쉽게 말해 금고와 같았다.

금고의 손잡이를 돌려 열고 닫고 하는 거처럼 뚜껑 역시 그런 방식으로 만들었는데 설계대로 제작한다면 완벽할 밀폐가 가능했다.

며칠 후, 이장손이 장인들과 함께 제작한 뚜껑을 가져왔다.

자세히 살펴본 이혼은 직접 줄자를 대가며 수치를 확인해보았다.

다행히 큰 오차는 보이지 않았다.

이혼의 성격을 아는 장인들은 조금이라도 수치에 맞지 않으면 다시 만들어야하는지라, 아예 처음부터 정확히 만들려고 노력했다.

이혼은 뚜껑을 이장손에게 건넸다.

"연결해보게."

"예, 전하."

뚜껑을 받은 이장손은 미리 만들어둔 포신 뒤에 걸쇠로 연결했다. 문을 열고 닫을 때 사용하는 걸쇠를 이용해 달면 개폐가 쉬웠다.

문제없이 부착을 마치는 모습을 본 이혼은 고개를 끄덕이며 명했다.

"폐쇄하게."

"예, 전하."

대답한 이장손은 뚜껑 앞에 달린 손잡이를 반대로 돌렸다.

끼이익!

듣기 싫은 소리가 나더니 틈이 빠르게 줄어들었다.

이혼은 뚜껑과 포신의 간격이 얼마인지 보다가 고개를 돌려 물었다.

"더 돌릴 수 있나?"

"신의 힘으로는 이게 최선이옵니다."

이혼은 고개를 돌려 기영도를 불렀다.

"금군대장!"

기영도가 얼른 달려와 한쪽 무릎을 꿇었다.

"찾으셨사옵니까?"

"자네가 이것을 돌려보게."

"예, 전하."

기영도는 이장손을 대신해 손잡이를 돌렸다.

한참 힘을 쓰니 끼익소리를 내며 뚜껑이 조금 더 돌아갔다.

이번에는 완벽히 밀착했다.

그러나 이혼은 마음에 들지 않았다.

천생 신력으로 유명한 기영도가 이마와 팔뚝에 핏줄이

다 돋을 만큼 힘을 쓴 후에야 밀착이 가능하다면 실전에선 사용이 힘들었다.

포병의 완력이 뛰어나기는 하지만 기영도보다는 떨어졌다.

또, 기영도가 매번 장전을 도와줄 순 없는 노릇이니 이는 실패였다.

이혼은 미간을 찌푸렸다.

"되었네."

"송구하옵니다."

기영도가 물러간 후 이혼은 뚜껑을 열어서 이장손에게 다시 건넸다.

"다시 만들어오게."

"어디를 고쳐야하옵니까?"

"이번에는 이 부분과 이 부분을 수정해 가져오게."

"알겠사옵니다."

이장손은 급히 장인들을 불러 이혼이 말한 부분을 수정 보완했다.

며칠 후, 다시 이혼에게 가져가니 그제야 칭찬이 돌아왔다.

"수고했네. 이번에는 아주 잘 맞는군. 힘이 약한 포병도 쉽게 하겠어."

"모두 전하의 가르치심 덕분이옵니다."

"과인이야 입으로만 떠들었지 실제 작업은 그대와 장인들이 한 게 아닌가. 이제 거의 다 완성하였으니 모두들 조금만 더 힘내게."

"성은이 망극하옵니다."

이혼은 무더운 여름 내내 국가기술원에 상주하며 새로운 대포를 만드는 일에 심혈을 기울였다. 그 결과, 여름이 거의 끝나갈 무렵에는 시험용으로 제법 쓸 만한 견본품이 나와 한시름 놓았다.

이혼은 여름 내내 고생한 이장손과 국가기술원의 장인들에게 휴식을 쥐었다. 그 날 하루 종일 장인들은 좋은 고기와 좋은 술로 배를 채우며 흥겹게 놀아 그 동안 쌓인 피로와 긴장을 풀어내었다.

그러나 다음 날부터 바로 다시 작업을 재개해야했다.

대포만 있어서는 소용이 없었다.

그 대포에 들어갈 포탄이 필요한 것이다.

신형 대포에는 당연히 신형 포탄이 새로 필요했다.

용아의 구조를 신형 대포에 적용했듯, 이혼은 신형 포탄 역시 용아에 들어가는 탄환을 예로 삼아 신형 포탄을 설계하기 시작했다.

신형 포탄은 크게 세 부분으로 나뉘어져 있었다.

먼저 적을 공격하는 탄두(彈頭)부분이 있었으며 그 밑에 탄두를 쏘아 올리는 장약, 그리고 장약 밑에 격발에 필요한 뇌관이 있었다.

탄두에는 다시 신관과 작약, 쇠구슬이 들어갔다.

쉽게 말해 용란이 탄두로 바뀐 것이다.

설계에 한 달, 부품제조에 한 달, 조립에 한 달이 걸려 3
개월 후에는 신형 대포로 발사가 가능한 신형 포탄이 그
모습을 드러냈다.

이장손은 자신이 있는지 자기가 직접 시험해보겠노라
고집을 부렸다.

그러나 이혼은 단호한 표정으로 고개를 저었다.

"위험하니 장치를 이용해서 격발하도록 하게."

이장손은 하는 수 없이 신형 대포에 쓸 도화선을 따로
만들었다.

용산 강가에 마련한 시험사격장에 이혼은 유성룡, 이산
해, 정철을 비롯한 대신들과 도원수 권율, 경기사단장 조
경 등을 초청하였다.

이산해와 정철 등 대부분의 대신은 사실 불만이 많았다.

정사를 돌봐야할 의무가 이는 이혼이 여름 내내 국가기
술원에 처박혀 뭘 하는지 도통 알 수가 없는지라, 몇 번 독
대를 청했다.

그러나 그때마다 이혼은 연구가 바쁘다는 핑계로 만나
주지 않았다.

이산해와 정철은 오랜만에 마음이 맞아 이혼을 다시 조

정으로 불러오기 위해 사직상소를 올렸다. 이혼이 정사를 돌보지 않으면 사직하겠다는 엄포였으나 이혼은 사직상소마저 받아주지 않았다.

그저 이혼이 지시한 일을 하며 연구가 끝나길 기다리는 수밖에 다른 방도가 없었다. 그렇다고 하는 일이 적은 것은 또 아니었다.

이혼은 유성룡에게 보고를 받는지 매번 엄청난 양의 일을 만들어 관원들에게 나누어주었는데 일부 관원은 너무 혹사당한 나머지 일하던 중에 혼절할 지경이었으며 일부 관원은 일이 너무 힘들어 부모의 상을 핑계로 휴직을 청했으나 이혼이 들어주지 않았다.

이혼은 사직이나, 휴직을 청하는 상소가 오면 같은 비답을 보냈다.

"국난이 목전에 닥쳤으니 맡은 바 소임을 다하라. 불응할 경우에는 나라와 민족을 버린 반역자로 처단해 그 본보기로 삼을 것이다."

관원들은 이혼이 한다면 하는 성격임을 아는지라, 찍소리도 못했다.

한데 이혼이 하는 연구가 끝났는지 그들을 시험사격장에 초청했다.

관원들은 겉으로 표현하지는 못해도 어디 뭐 얼마나 대단한 일을 하기에 그 동안 코빼기도 전혀 비치지 않았는지 궁금해 하였다.

단상에 오른 이혼은 손을 들어 명했다.

"시작하라!"

"예, 전하!"

대답한 이장손은 신형 포탄을 가져와 중인 앞에 선보였다.

"오!"

권율과 조경과 같은 장수들이 먼저 관심을 드러냈다.

그들은 이혼이 만든 무기가 얼마나 뛰어난지 누구보다 잘 알았다.

그 무기를 사용해 왜적을 물리친 당사자들인 것이다.

이장손이 가져온 신형 포탄은 마치 대장군전을 반으로 가른 듯한 형태였다. 다만, 대장군전과 다른 점을 꼽으라면 날개가 없었다. 또, 대장군전은 앞에만 쇠를 씌우는데 신형 포탄은 껍데기 전체를 구리로 둘러싸서 햇빛을 받을 때마다 번쩍번쩍 빛을 발했다.

신형 포탄의 구조를 설명한 이장손은 연구원에게 신형 대포 약실을 열도록 했다. 연구원은 즉시 대포 뒤에 있는 뚜껑의 손잡이를 돌려 열었다. 그 모습을 본 장수들이 자리에서 벌떡 일어났다.

문관들은 이게 무슨 의미인지 몰랐으나 무관들은 바로 알아보았다.

포탄의 장전방식이 전장식에서 후장식으로 바뀐 것이다.

이는 엄청난 효과가 있었다.

전장식이면 재장전을 할 때마다 포구에 포탄을 넣은 다음, 일일이 밀대로 밀어서 포구 안에 위치하도록 만들어줘야 하는데 후장식이면 그럴 필요 없이 약실을 열어 바로 장전하면 끝인 것이다.

이렇게 하면 장전시간이 몰라보게 빨라졌다.

더구나 방금 이장손이 설명한 거처럼 포탄과 장약, 격목 등을 따로따로 장전할 필요가 사라져 그야말로 혁신에 가까운 기술이었다.

문관 중에선 정탁과 유성룡 등 몇 명만이 후장식의 효과를 제대로 알아보았다. 두 명 모두 병법에 관심이 아주 많은 축에 속했다.

연구원이 열어놓은 약실에 이장손은 들고 있던 신형 포탄을 넣었다. 뾰족한 부분이 당연히 위로 가게 해서 장전한 다음, 방금 열었던 뚜껑의 손잡이를 반대로 돌려 약실을 폐쇄하기 시작했다.

개조에 개조를 거듭했는지라, 4초에서 5초면 폐쇄가 가능했다.

텅!

장전을 모두 마쳤는지 약실에 있는 걸쇠가 걸리는 소리가 들렸다.

이젠 점화해 실제로 발사해볼 차례였다. 약실 공이에 연결한 줄을 길게 늘어트린 이장손은 방벽 뒤에 숨어 심호흡을 한 차례 하였다.

"방포하옵니다!"

소리친 이장손은 줄을 당기며 귀를 막았다.

퍼엉!

순간, 엄청난 폭음과 함께 신형 대포가 크게 튀어 올랐다.

뒤에는 쇠말뚝으로 고정해놓아 반동을 해소할 곳이 위밖에 없었다.

모든 사람의 시선이 정면으로 향했다.

약, 4, 5백 미터 지점에 허수아비 서른 개로 표적을 만들어 두었다.

포탄은 섬광처럼 날아가 표적 위를 지나서 떨어졌다.

콰아아앙!

다시 한 번 폭음이 울리더니 흙과 먼지, 그리고 쇠구슬이 사방으로 날아올랐다. 탄두가 떨어지는 순간, 안에 있는 신관이 작동해 폭발한 것이다. 용란조차 본 적이 없는 관원들은 몸을 떨었다.

이런 위력이라고는 생각지 못한 것이다.

이혼은 고개를 저었다.

"다시 조준해서 발사해보게!"

"예, 전하!"

이장손은 서둘러 뚜껑의 손잡이를 돌려 약실을 개방했다.

그 순간, 발사한 포탄의 빈 탄피가 밑으로 떨어졌다.

발사한 흔적이 아직 남아있어 연기가 뭉게뭉게 올라왔다.

빈 탄피를 집게로 집어 옆으로 치운 이장손은 새 포탄을 가져왔다.

그리고 나선 같은 방법으로 장전한 다음, 새로 조준했다.

주퇴복좌기가 있으면 매번 조준할 필요가 없지만 주퇴복좌기를 만들기에는 시간이 부족한지라, 급한 대로 사람의 손을 이용하였다.

장전과 조준을 마친 이장손이 다시 줄을 잡고 방벽 뒤에 숨었다.

"방포하옵니다!"

소리친 이장손은 귀를 막으며 줄을 당겼다.

그와 동시에 신형 대포가 튀어 오르며 두 번째 포탄을 발사하였다.

이혼은 벌떡 일어나서 표적을 지켜보았다.

촌각의 시간이 흐른 후.

허수아비로 만든 표적 사이에 탄두가 떨어졌다.

콰아앙!

다시 한 번 폭음과 함께 먼지가 사방으로 치솟았다.

그러나 전과 다른 점이라면 표적에 정확히 명중해 탄두가 폭발하는 1차 충격에 근처에 있던 표적들이 까맣게 불에 타서 날아갔다.

그리고 이어 탄두에 든 쇠구슬이 비산하며 근처 10여 미터 안에 있는 허수아비표적에 큼지막한 구멍을 뚫었다. 완벽한 성공이다.

엄청난 위력에 사람들은 입을 다물지 못했다.

특히, 이산해와 정철 두 명은 놀란 표정이 얼굴에 그대로 드러났다.

병법에 무지하다곤 해도 방금 이장손이 시범 보인 게 무슨 의미인지 모를 만큼 무지하진 않았다. 이혼이 제작한 신형 화포와 신형 포탄을 쓰면 짧은 시간에 화력을 몇 배로 투사할 수 있었다.

이산해와 정철 두 명은 쓴웃음을 지었다.

이런 광경을 본 후에 무슨 할 말이 더 있겠는가.

이혼은 흡족한 표정으로 국가기술원 장인들을 칭찬했다.

"모두 고생이 많았소."

"성은이 망극하옵니다!"

이장손과 그를 돕던 장인들은 그제야 한 시름 놓은 표정을 지었다.

이혼은 유성룡을 불러 명했다.

"국가기술원에 속한 장인들에게 후한 상을 내리도록 하시오."

"예, 전하. 바로 시행하겠사옵니다."

유성룡 역시 기쁨을 감추지 못하며 대답했다.

이혼은 이어 신형 화포에 대룡포(大龍砲), 신형 포탄에 신용란(新龍卵)이라는 이름을 붙여 수정보완한 후 양산에 들어가라 명했다.

며칠 후, 이혼은 대룡포의 제원을 보고받았다.

'흐음, 생각보다 별로군.'

이혼은 한차례 고개를 저었다.

시험용으로 제작한 대룡포를 100여 차례 발사해 얻은 제원에 따르면 유효사거리, 최대사거리, 포구속도 모두 기대에 미치지 못했다.

이혼이 계산한 제원보다 적게는 8할, 많게는 5할이 부족했다.

'뭐가 문제일까? 약실밀폐에 실패한 것인가?'

이혼은 고개를 저었다.

'약실밀폐에 실패했다면 100여 차례 발사하는 동안, 한번은 포신이 터졌을 것이다. 그렇다면 화포에 다른 문제가 있다는 말인데?'

잠시 고민하던 이혼은 책상을 탁 쳤다.

옆에서 장계를 정리하던 이덕형이 깜짝 놀라 물었다.

"무슨 일로 진노하셨사옵니까?"

"하하하, 아니오. 화가 난 게 아니라, 좋은 생각이 떠오른 거였소."

이혼은 바로 국가기술원을 찾아가 흑색화약을 조사했다.

흑색화약은 인간이 가장 먼저 만든 화약이었다.

이 화약으로 지금까지 총과 대포, 포탄 등이 발전을 거듭했다.

그러나 흑색화약은 질이 좋지 않았다.

불순물이 섞여 빠르게 타는 바람에 가스를 많이 생성하지 못했다.

또, 연기가 많이 나 병사들이 시야에 제약을 겪었다.

연기로 위장하는 효과 외에는 좋은 점이 하나도 없었다.

'무연화약(無煙火藥)이 필요하다.'

무연화약은 흑색화약보다 불순물이 적어 천천히 타올랐다.

즉, 그 말은 흑색화약보다 훨씬 강력한 추진력을 낸다는 뜻이었다.

이혼은 싱글베이스 무연화약을 연구해 바로 적용했다.

며칠 후, 새로운 화약으로 대룡포와 신용란을 시험해본 결과, 그가 예상했던 수치와 거의 비슷한 제원을 도출해 양산을 지시했다.

이혼이 무기강화를 하는 동안, 날은 가을로 접어들었다.

하늘은 높고 말은 살찐다는 천고마비(天高馬肥)의 계절.

계절의 명성에 맞게 벼는 노랗게 익어갔으며 임산부의 배는 터질 듯이 부풀어 올라 곧 수확의 계절이 임박했음을 말해주는 듯했다.

이혼은 농장에 들러 김막동을 만났다.

1년 전에는 농부가 몸에 맞지 않는 도포를 입은 듯한 모습이었는데 지금은 관록이 쌓여 그런지 제법 관원다운 모습을 갖추었다.

요즘은 글을 배우는지 말도 점점 유식하게 하였다.

이혼은 먼저 신품종을 만드는 육종시험장(育種試驗場)으로 향했다.

작년에는 경황이 없어 노지에서 바로 신품종을 연구했는데 올해는 아예 유리로 온실을 만들어 사시사철 연구를 지속하게 하였다.

온실을 사용하면 이모작, 아니 삼모작이 가능해 더 많은 연구가 가능했다. 육종은 경험의 학문이라, 경험이 쌓일수록 실력이 늘었다.

"덥군."

"용포를 주시옵소서."

온실에 들어간 이혼은 용포를 벗어 정말수에게 주었다.

이혼은 온실을 둘러보았다.

추수를 하는 시기여서 바깥의 날씨는 선선한 바람이 부는 중이었다.

한데 온실은 마치 계절을 잘못 찾아온 듯 온통 초록빛의 바다였다.

이혼이 막대한 비용을 들여 만든 유리 온실은 규모가 엄청났는데 그 안에 이번에 교배한 품종들이 제각각 자태를 뽐내고 있었다.

　이혼은 김막동에게 물었다.

　"올해는 어떤가?"

　"다섯 품종이 살아남았사옵니다."

　"작년에 비해선 어떤가?"

　김막동이 이혼을 온실 안쪽으로 이끌었다.

　"유독 눈에 띄는 품종이 하나 있사온데 바로 이것이옵니다."

　이혼은 김막동이 가리킨 벼를 살펴보았다.

　과연 김막동의 말대로 다른 벼에 비해 벼이삭의 수가 차원이 달랐다.

　원래 벼이삭이 많이 달린다고 마냥 좋은 게 아니었다.

　많이 달리면 그 만큼 무거워져 약한 바람에도 쓰러지기 일쑤였다.

　이혼은 그 점이 궁금해 물었다.

　"풍해는 어떤가?"

　"몇 번 시험을 해보았는데 아주 좋았사옵니다."

　"오, 그럼 이 품종을 모본(母本)으로 삼아 다른 품종을 연구해보게."

　"예, 전하."

대답하는 김막동을 보며 이혼은 투자가 중요하다는 사실을 다시 한 번 절감했다. 작년에는 노지에서 재배하느라 투자를 제대로 해주지 못했지만 올해는 재정을 많이 투자해 시설을 확충했다.

그 결과 벌써 1년이 지나기도 전에 성과가 나오기 시작했다.

이혼은 온실에서 나와 농장으로 향했다.

작년에 개발한 신품종을 심은 농장은 지금 황금빛의 물결이었다.

벼이삭도 많이 달렸고 병해나, 수해로 죽은 벼도 별로 없었다.

이혼은 기뻐하며 물었다.

"어떤가? 올해는 풍년을 기대할 수 있겠는가?"

"예, 전하. 풍년이옵니다. 특히 경기도에 심은 신품종이 효과가 좋아서 작년보다 배는 많은 소출을 기대할 수 있을 것 같사옵니다."

"정말 다행이군."

안심한 이혼은 김막동 등 올해 수고한 연구원들의 노고를 치하했다. 그리고 술과 고기를 푸짐히 내려 오늘 하루는 쉬게 해주었다.

이혼은 아예 자리를 깔고 앉아 연구원들과 술잔을 기울였다.

모닥불에 통째로 걸린 돼지는 식욕을 자극하는 냄새를
연신 풍겼고 작년에 담은 과일주는 목 넘김이 부드러워 오
랜만에 과음했다.

신나게 먹고 마실 때였다.

도성에서 급한 전갈이 들어왔다.

"강상궁이 산기(産氣)가 있사옵니다."

"오!"

조내관의 부축을 받으며 일어난 이혼은 서둘러 행궁으
로 돌아갔다.

평소에는 가까운 길이 지금은 왜 이리 먼지 속이 바짝바
짝 타들어갔다. 도성으로 돌아가는 동안, 거나하게 올라왔
던 취기는 찬 물을 한 바가지 뒤집어 쓴 거처럼 깨끗이 사
라져 정신이 말짱했다.

행궁에 도착하기 무섭게 제조상궁 한상궁을 불러 물었
다.

"낳았는가?"

"초산이오니 더 기다리셔야할 것이옵니다."

"그런가? 과인보다는 한상이 잘 알겠지."

앉아서 기다릴 수 없었던 이혼은 방 안을 서성이며 계속
물었다.

"아직인가?"

"아직이옵니다."

상궁들이 보내오는 소식을 조내관이 바로바로 알려주었다.

그 날 밤을 꼬박 새운 이혼은 동이 트기 직전, 잠이 슬며시 들었다.

한창 꿈나라를 헤매는 중인데 잊었던 부모님의 얼굴이 나타났다.

이곳에 갓 왔을 때는 거의 매일 밤 저쪽 세상에 대한 꿈을 꾸었다.

그게 부모님일 수도 있었고 친구나, 동료일 수도 있었다.

그러나 임진왜란을 막아야한다는 막중한 책임감을 가진 후에는 그런 꿈보다는 백성들이 죽거나, 자신이 죽는 악몽을 많이 꾸었다.

한데 꿈에 부모님이 오랜만에 나타났다.

두 분은 손을 흔들며 자신들은 저쪽에서 잘 지내는 중이니 이혼도 이쪽 세상에서 잘 지내라는 말을 하였다. 이혼은 자신도 모르게 눈물이 흘렀다. 베갯잇이 흠뻑 젖고 나서야 이혼은 눈을 떴다.

"아, 꿈이었구나."

이혼은 자식을 볼 때가 되니 부모님이 더 그립다는 생각이 들었다.

그때, 밖에서 조내관의 목소리가 들려왔다.

"전하, 경하드리옵니다!"

"낳았는가?"

"예, 전하. 사내아기씨옵니다."

"오!"

이혼은 벌떡 일어나 산실청(産室廳)으로 달려갔다.

과연 상궁과 나인들이 바쁘게 움직이는 중이었다.

이혼은 섬돌 위에 서서 기다렸다.

그때, 응애하는 아기의 힘찬 울음소리가 들려왔다.

이혼은 아기를 받은 산파를 불러 급히 물었다.

"산모는 어떤가?"

"건강하옵니다."

"아기는?"

"아기씨 역시 건강하옵니다."

"손가락과 발가락은 열 개씩 다 있고?"

"예, 전하. 모두 완벽하옵니다."

산파의 대답을 들은 이혼은 그제야 안도의 숨을 내쉬었다.

16세기에는 난산으로 산모와 아이가 죽는 일이 허다했다.

의학이 극도로 발달한 21세기에도 가끔 그런 불행한 일이 일어나는데 16세기 말인 지금이야 두 말하면 입이 아플 지경인 것이다.

이혼은 무거운 짐을 내려놓은 표정으로 물었다.

"그럼 과인은 언제 산모와 아기를 볼 수 있는가?"

"곧 보실 수 있사옵니다."

그 말에 이혼은 조내관에게 목욕물을 받게 하였다.

병균에 취약한 산모와 아이를 위해서는 청결을 유지해야했다.

목욕재계한 이혼은 그 날 오전, 처음으로 자신의 아이와 대면했다.

쭈글쭈글해서 삶은 고구마처럼 보였지만 이혼의 눈에는 눈에 넣어도 아프지 않은 자식이었다. 이혼은 미향의 손을 잡으며 물었다.

"많이 아팠소?"

"견딜 만 하였사옵니다."

힘을 많이 쓴 듯 미향이 피곤한 얼굴로 대답했다.

이혼은 아기와 미향을 번갈아보며 뿌듯한 감정을 느꼈다.

그때, 아기가 배가 고픈지 쩌렁쩌렁한 울음소리를 토해냈다.

"이리 주시옵소서."

아기를 받은 미향은 산파의 부축을 받아 젖을 먹였다.

그 모습을 지켜보던 이혼은 갑자기 목이 메어 얼른 일어났다.

"과인이 피해줘야 산모가 쉴 거 같군. 곧 다시 오겠소."

일어난 이혼은 산실청을 나와 하늘을 보았다.

구름 한 점 없는 하늘에 부모님의 얼굴이 겹쳐졌다.

'고맙습니다. 덕분에 건강한 아기가 태어난 거 같아요.'

그 해 가을은 그야말로 추수의 계절이었다.

대풍이 들어 농부들은 입에서 미소가 떠나지 않았다.

그리고 궐에서는 새 생명이 태어나는 겹경사를 맞았다.

겨울에 접어들었을 무렵.

작년보다 배는 많은 세곡이 도성 곡창으로 들어왔다.

이런 양의 세곡이라면 내년 재정에는 전혀 문제가 없었다.

이혼은 밤에는 아이를 돌보고 낮에는 국정원장 강문우를 불렀다.

"왜국의 동향은 어떻소?"

"봄에 출병할 것으로 보이옵니다."

"시기는 언제인 거 같소?"

"임진란 때처럼 4월을 노리는 듯하옵니다. 4월은 태풍과 장마가 오기 전이어서 바다를 건너는 동안, 큰 장애가 없을 시기이옵니다."

이혼은 고개를 끄덕이며 다시 물었다.

"상륙장소는 알아냈소?"

"다각도로 알아보는 중인데 역시 부산포를 생각하는 듯했사옵니다."

"간자를 더 보내서라도 상륙지점을 정확히 알아오시오."

"예, 전하."

강문우는 대마도주 소 요시토시에게 의지하지 않고 직접 양성하거나, 아니면 현지에서 포섭한 간자들을 통해 정보를 계속 모았다.

1597년 3월에 이르렀을 무렵.

마침내 왜군의 상륙시기와 상륙지점에 대한 정보가 들어왔다.

시기와 장소를 특정한 이혼은 경상도 관찰사 김성일과 경상사단 사단장 곽재우에게 은밀히 사람을 보내 작전을 시작하라 일렀다.

또, 통제사 이순신에게도 바로 사람을 보냈다.

작전의 명칭은 공명계(孔明計)였다.

중국 촉한의 승상 제갈량(諸葛亮)의 호에서 따온 작전으로 연의에 나오는 공성계(空城計)를 기반으로 하는 유인작전이 골자였다.

통제사 이순신은 가장 먼저 부산포를 방어하는 경상수영의 전선들을 울산과 거제도 방향으로 후퇴시켜 부산 앞바다를 비워두었다.

그리고 경상도 관찰사 김성일은 부산과 그 근처에 사는 백성들을 소개시켰다. 백성들은 왜군이 쳐들어오지도 않았는데 살던 집에서 나가라는 관원에게 얼굴을 붉히며 항의했지만 김성일은 강하게 소거명령을 내려 저항하는 백성은 옥에 가두는 강수를 두었다.

김성일은 이번이 명예회복을 위한 절호의 기회였다.

임진왜란이 있기 직전, 통신사로 왜국에 가서 동향을 알아보는 임무를 맡았던 그는 황윤길과 달리 왜국이 침략해 오지 않을 거라고 보고했다. 당시 황윤길은 서인, 김성일은 동인이었는데 동인의 세력이 서인보다 컸는지라, 조정은 김성일의 의견을 따랐다.

그러나 조정은 분명 대비를 했다.

전라도와 경상도에 있는 군항과 산성 등의 수리에 나섰으며 이순신과 같은 명장을 끌어올려 남해안의 해안가를 방어하게 하였다.

다만, 문제는 조정이 왜군의 규모를 왜구수준으로 본데에 있었다. 왜국은 조선 조정의 예측과 달리 17만의 정규군을 상륙시켰다.

이처럼 조선 조정이 김성일의 의견을 받아들여 전란을 전혀 대비하지 않았다는 말에는 어폐가 있으나 어쨌든 김성일은 책임감을 통감해 왜란 내내 밤잠을 잊어가며 왜란 극복에 최선을 다했다.

지금도 재란에 대비하기 위해 다른 사람들이 꺼리던 경상도 관찰사로 자원해 내려가서는 쉼 없이 움직이며 전쟁준비를 독려했다.

백성들은 대구나, 아니면 진주성 방향으로 몸을 피했다.

그 사이, 이혼은 유성룡과 이산해, 정철 세 명을 불렀다.

"곧 재란이 일어날 것이오. 이는 틀림없는 사실이니 지금부터 준비를 해야 임진년과 같은 치욕을 되풀이하지 않을 수가 있소. 과인은 근위사단과 함께 경상도로 내려가 전란을 직접 지휘할 것이오. 그래서 이렇게 삼정승을 한자리에 불러 분부하는 것이오. 영상은 과인이 없는 동안, 조정의 대소사를 맡아 처리하도록 하시오."

　"예, 전하."

　"과인 없다고 변란이 일어나거나 한다면 영상에게 책임을 묻겠소."

　"명심하겠사옵니다."

　이혼은 이어 이산해를 보았다.

　"좌상은 후방에서 군대를 지원하시오. 무기와 군량이 제때 도착하지 않으면 일선 관원이 아니라, 과인은 좌상을 직접 벌할 것이오."

　이산해는 흠칫해 고개를 숙였다.

　"알겠사옵니다."

　이혼은 마지막으로 정철에게 시선을 주었다.

　"우상은 팔도를 돌며 백성들이 동요하는 일이 없게 단속을 하시오."

　"예, 전하."

　갑옷을 챙겨 입은 이혼은 삼정승에게 다시 한 번 당부했다.

"전쟁은 그리 오래 가지 않을 것이오. 그 동안 도성을 잘 부탁하겠소. 노파심에서 하는 말이지만 과인이 없는 동안 딴생각을 품은 자가 변고를 일으킨다면 과인이 얼마나 무서운 사람인지 보여주겠소. 과인이 왜적과 전투를 하는 동안, 도성에 다른 생각을 품고 있는 자가 있다면 과인은 절대 용서하지 않을 생각이오."

이혼은 돌려 말하는 법이 없었다.

그가 없는 동안 반란을 일으키는 자가 있다면 엄벌한다는 경고였다.

경고를 들은 자들은 하나같이 몸을 떨며 감히 딴마음을 품지 못했다.

혹시 있을지 모르는 변란마저 대비해둔 이혼은 흑룡 위에 올랐다.

"가자!"

그 즉시, 3만에 이르는 근위사단 병력이 남하를 시작했다.

근위사단이 빠진 자리는 조경의 경기사단이 채우기로 하였다.

이혼은 충주와 청주를 거쳐 대구로 내려가서 잠시 기다렸다.

그 사이, 국정원장 강문우는 계속 급보를 보내왔다.

"대마도에 집결한 왜군 12만 명이 차례대로 섬을 떠나고 있습니다."

이혼은 바로 전군에 명을 내렸다.

"12만이 전부 상륙할 때까지 기다린다! 공을 탐해 먼저 움직이는 자가 있을 경우, 군율을 적용해 군문에서 바로 참수할 것이다!"

"옛!"

이혼의 명에 경상사단, 전라사단, 그리고 예비대로 내려 와 있는 충청사단과 강원사단 등 총 4만에 이르는 병력이 움직이지 않았다.

1597년 4월 21일.

왜군 선봉 고니시 유키나가가 1만5천 병력으로 부산포 에 상륙했다.

이혼은 보고를 받자마자 명을 내렸다.

"근위사단은 부산포로 진격한다! 전군 출정하라!"

"와아아!"

함성을 지른 근위사단 병력은 곧장 부산포를 향해 내려 갔다.

〈8권에서 계속〉

NEO MODERN FANTASY STORY & ADVENTURE

현세귀환록

現世歸還錄

아르케 현대 판타지 장편소설

내 가족을 건드리지 마라!

악룡 카이우스에게 잡혀 수천 년의 실험을 당하며
언제 된 망가이라는 저주로 인해
몇만 년의 세월을 고향을 찾아 헤매타
1983번째 차원이동을 통해 그렇게나 오고 싶었던
자신의 고향차원으로 돌아 오게 된
강민과 그의 영혼의 동반자 유리엘!

몇만 년의 세월이었으나 차원이동 간의 시간적
괴리로 자신이 사라진 지 10년만에 가족과
다시 만나게 된 강민은 자신이 그동안 축적해 온
절대적인 힘과 부를 가족의 행복을 위해 사용하는데!

몇만 년만에 가족을 찾은 절대자 강민!
가족이 행복한 삶을 살수 있는 세상을 만들기 위한
절대자의 행보가 시작 된다!